YU NI

ZAI

ZUI MEI

DE

CI SHANG

ZUO YI ZUO

红绿灿灿，小小朵朵，

每日捧花时，

总觉得捧着一枚枚

清喜的词语，

安放于光阴的笺上，

美好得像你的笑。

摄影：秦淮桑

你知道写一首诗

需要多长时间吗?

一朵花开的时间,

一朵花落的时间,

或者想你的时间。

YU NI

ZAI

ZUI MEI

DE

CI SHANG

ZUO YI ZUO

YU NI

ZAI

ZUI MEI

DE

CI SHANG

ZUO YI ZUO

被你牵过的手，

我总觉得，

某一天某个迷人的时刻，

会突然开出一朵花。

YU NI

ZAI

ZUI MEI

DE

CI SHANG

ZUO YI ZUO

曾攒青簇黛去见你，
便不悔在岁月的细瓶身里，
瘦成一束苍古可爱。

采一串最美的词语,送给我吧。
这样你不在我身边的时候,
我可以安排一首诗的旅程,去见你。

YU NI

ZAI

ZUI MEI

DE

CI SHANG

ZUO YI ZUO

YU NI

ZAI

ZUI MEI

DE

CI SHANG

ZUO YI ZUO

我路过你的清丽芊绵,

我路过你的云雨阗阗。

满山的绿啊,

是我的呼唤。

临水照花,不见花红,
不见涟漪,都在心里。

YU NI
ZAI
ZUI MEI
DE
CI SHANG
ZUO YI ZUO

你是一串红了脸的词,

我是一行低绿的问候语,

在一个恰好的季节里,

一个恰好的时刻,

坐在一页信低上。

YU NI

ZAI

ZUI MEI

DE

CI SHANG

ZUO YI ZUO

与你
在最美的词上
坐一坐

YU NI
ZAI
ZUI MEI
DE
CI SHANG
ZUO YI ZUO

白音格力 ○ 编著

中国人民大学出版社
·北 京·

图书在版编目（CIP）数据

与你在最美的词上坐一坐 / 白音格力编著. -- 北京：中国人民大学出版社，2019.12
ISBN 978-7-300-27544-4

Ⅰ. ①与… Ⅱ. ①白… Ⅲ. ①散文集－中国－当代 Ⅳ. ①I267

中国版本图书馆CIP数据核字(2019)第225802号

与你在最美的词上坐一坐
白音格力　编著
Yu Ni Zai Zui Mei de Ci Shang Zuo Yi Zuo

出版发行	中国人民大学出版社			
社　　址	北京中关村大街31号		邮政编码	100080
电　　话	010-62511242（总编室）		010-62511770（质管部）	
	010-82501766（邮购部）		010-62514148（门市部）	
	010-62515195（发行公司）		010-62515275（盗版举报）	
网　　址	http://www.crup.com.cn			
	http://www.ttrnet.com（人大教研网）			
经　　销	新华书店			
印　　刷	天津中印联印务有限公司			
规　　格	145mm×210mm 32开本		版　次	2019年12月第1版
印　　张	8.5　插页5		印　次	2019年12月第1次印刷
字　　数	141 000		定　价	36.00元

版权所有　　翻印必究　　印装差错　　负责调换

序言 | 一个词 |

我有时会痴笑自己：一生，就是为了一个词而活。

少年时买的书及日记本里，好多页乱写着一个词。长亭、载酒、惨绿、愁红、烟村、夜雨、扁舟、晓风、琵琶、关山……

后来年岁渐长，依然写。写空山，写落花，写流水，写清风。都是些最简单的词。

我写过的每一个词，我都用生命中最本真的深情与之交心。

比如初雪。临冬开始，每天看天气预报，早在三天前看到要下第一场雪时，便每日去山里静坐静等。往往雪没来，我已把小山林坐成了白花花的白月光。

要是突然在夜里，那一年的第一场初雪经过我的小城，我一定会不顾一切地跑向山里。

在路灯下，小雪旖旎地飘洒着，像诗的一笔一画，铺了开来，我已跑到山里。在满山的松深处，闭目，扬眉，展怀，想抱住每一瓣雪。

还喜欢水。简单的一个词"泉水",我都会在念起的那一刻,感觉一条清亮亮的泉,漫过我的身体、我的每一寸肌肤。

如今我写"我睡在泉水上",肯定很多人会说:"你就是个诗人。"自然,话里是带着些许友善的讥笑与戏谑。是的,睡在泉上的,肯定是个诗人。但我真正睡在泉上的时候,我还写不出一首像泉水一样才思泉涌的诗。我只是把自己放在泉水里,衣服湿了,头发湿了。山泉流过我的身体,像流过我干涸的青春。

后来特意跑了三千公里,去了云南的大山里,只为一道从房后日夜涌过的泉。

白日里,泉边一坐,芳草碧色千里流,袖出一卷风。就么么坐着,泉边的草在绿,耳边的风在语,林中的鸟在树上跳……我的眉目,若风清泉清。到了夜里,枕着泉声睡,真真是人间最好的滋味。

却也舍不得睡,携一壶茶,到小院的石桌上喝。星星高高远远地亮着,又似随时会落下来。而泉呢,哗哗响,越石,奔流,不管你,只那么一直奔流着。

我什么也不做,我就独对一泉。我知道,尘世的尘都被泉水带走了;人间事,也不过是三两烧酒里的轻烟,谈笑间飞走了。

当然,亦喜欢一草一木,也是最朴素无华的词,却会发光,照亮自己。

我曾为一个词，用了太多的笔墨。

一个词，张开翅膀便可以打开一片日月；一个词，用一朵花的绽放便可以组成一座春天的城；一个词，低低一低眉便可以拆成桃红与柳绿；一个词，伸长脖子就可以看到花开；一个词，坐下来就可以坐成一片月色。

一个词，是远山尖上的一朵云，是掉在水面上的一瓣花，是清风翻开的书页，是一封信第一行顶格的那个甜蜜的名字。

一个词，仿佛被山水滋养过、被诗人的笔尖热吻过、被花香细细地润过。

也许，终其一生，我们不过是那么一个词，不成篇章，却可以在另一个人的唇间，唇齿生香，一生足矣。

白音格力

目录
CONTENTS

第一辑 我是偏旁，站在你身旁

序言 001

翩翩 / 002
软香 / 006
归途 / 010
静夜 / 013
缘分 / 016
一笼云 / 020
三月街 / 023
月下 / 026
墨心 / 028
少女 / 032
暖香 / 039
白衫 / 042
桃花鱼 / 045
云生处 / 049
飘雪 / 054
小村 / 057
眉间 / 059

目录
C O N T E N T S

第二辑　横竖撇捺，笔笔草木花

- 草本时光 064
- 小溪若眉 067
- 碗莲 070
- 山若萍 072
- 藤画 075
- 书签 079
- 老街 083
- 画意 087
- 海棠 090
- 樱花乱 093
- 老院子 096
- 荷初 100
- 日常 104
- 初雪 107
- 初春 110
- 桃月 114
- 黄昏 119
- 月白 122
- 荷风 126

目录 CONTENTS

第三辑 名词动词,你是形容词

烟波蓝 132
花身如玉 136
芊绵平绿 140
无染 144
新凉 147
孤而美 152
半酣 156
青 160
恬静 164
草木香 168
素淡 171
自若 175
禅静 178
寂寥 182
简净 186
素旧 189
半旧 192
悄悄 196

3

目录

CONTENTS

第四辑 做个韵脚，与你成两行

好雪烧茶 /200
自放春风 /204
纸上幽居 /208
忙眼 /214
抚书 /217
问茶 /220
雨霁 /223
蠢动 /226
独往 /230
随喜 /234
忆 /238
痴 /241
小酌 /243
一碗 /246
虚构 /249
念斯人 /252
执笔 /255
赏心事 /258

第一辑 我是偏旁,站在你身旁

多么美好啊 在一棵有斑驳花影的树下

或者铺满余晖的小径上

又或者茶色暖暖的书屋里

我们刚刚一起走过一段路 哪怕没有牵手

此时,你就在我身旁 我们离得那么近

我只想做一个偏旁 在你的一旁与你相依相伴

与你
在最美的词上
坐一坐

翩翩 | 白音格力

好句精选

> 人若能做到翩翩出尘，心中一定有风月，三峰临八水，山河处处是美意。若你是翩翩然佳人，自是轻盈绿腰舞，飞袂拂云雨；若你是翩翩然君子，自是出门一笑无拘束，云在西湖月在天。

一直喜欢"翩翩"这个词语，给人一种轻盈自在、悠然洒脱的感觉。翩翩之意，也多在于此，主要用来形容有风度。

年少时觉得，形容一个男子的美，莫过于"翩翩"二字。翩翩少年，或翩翩公子，鲜衣羽扇，丰致翩翩，令人侧目。

如今用来赞美男子的，多是从长相上。但我更欣赏的是那些气质优雅、风度翩翩的人。他们沉静内敛，乐观淡泊，待人真诚，有担当，有善意，有包容，且自信，带着天真，神色总是自若，无忧无惧，也不急不躁。

"翩翩"是一个人最美的姿态，是一个人精神上的气质。

有一段时间购书颇多，隔七八天，会有一箱子寄来。送快递的小哥某日说："你买这么多书，家里都堆成书山了吧？"又一次看我抱书走得轻快，在身后说了一句："这么重一箱书，大夏天的，你慢点。"

过后想，每次书来，我都是抱着书身轻如燕，竟没觉得一丝一毫的重量。那些书，应该是蝴蝶，在我的怀里飞，在我的书房里飞。

后来无意中知道有个地方叫藏书镇，几日里时时念起这三个字，也无数次联想：在古时，这样一个藏满好书的镇子，走在哪里，皆能看到书、闻到书香，是何等乐事！

单单这么个名字，一想就安心。世有书，人便活得有了趣、有了美，即使无名利，人轻微，哪怕轻如一蝶翅，也总能翩翩飞到自己的心静处、心安乡。

读书，让我手头的光阴，轻盈自在，如蝶，翩翩起舞。

这样的光阴，若起个名字，就叫"翩翩"。不光是读书的时光如此，那些闲适自若，对美好事物的热爱及珍重的时光，都是如此，有着翩翩之美。

春时必去山里，去迎接早春匆匆赶路而来的山花；夏时必去山里，去寻清幽地听鸟鸣如流水；秋时必去山里，送一送归家的花红

与你
在最美的词上
坐一坐

草绿；冬时必去山里，读小雪写给满山深情的信。

会为路边一树花而停下脚步，会为林中徐徐清风而小坐独处，会在窗前与花草语、与一盏茶言，这样的光阴，让人活在尘世，却尽享清幽雅趣。

我相信，拥有这样翩翩光阴的人，也必然会活出自己的模样与境界。

这样的人，四时翩翩，拥有一派翩翩之姿，如李白诗句中所言"鸣凤托高梧，凌风何翩翩"；也有心境之翩翩，如李贺诗中所言"行尽柳烟下，马蹄白翩翩"。

情感世界，更需要这样一分翩翩的美意。相识时，如初春绽放的白玉兰，一瓣俏然，也翩翩然，好似随时都要飞起来；相爱时，历风雨依然能将暗香翩飞，润着朴素的日常，润着那个人的眉眼与心田，也润着彼此的光阴。

在余光中的《等你，在雨中》诗里，读到过让人怦然心动的翩翩之美："忽然你走来／步雨后的红莲，翩翩，你走来／像一首小令。"

在雨中等一个心仪的人，久未来，但心中仍充满着美好与期待，因为那么坚贞、那么爱，所以"你来不来都一样，竟感觉每朵莲都像你"。这时候的光阴，只是一小截，却温柔缠绵如细雨，是足以绵长到生命的尽处的。于是,就这样等啊等。终于,她出现了,翩翩而来。我能想象那一刻等候的人,心中是如何地怦怦、如何地欢喜。所以,余光中这一句"翩翩,你走来",美得让人禁不住眼睛一热。

人若能做到翩翩出尘,心中一定有风月,三峰临八水,山河处处是美意。若你是翩翩然佳人,自是轻盈绿腰舞,飞袂拂云雨;若你是翩翩然君子,自是出门一笑无拘束,云在西湖月在天。

翩翩的是人,亦是心,是在世的境界,是洒脱一生的姿态。

我知道,还有那些念念不忘的往事,或光阴里的故人,都是翩翩白马来,心中自是二月青草深,从不曾枯蔫。

拥有一段翩翩的光阴,是春涧流花、亭檐飞云,心境阔朗,尘世明净,无争无吵,无惧无忧,逸兴洒然,自在圆足。

与你
在最美的词上
坐一坐

软香 | 白音格力

好句精选

> 我单薄过、我饱满过、我坚硬过、我柔软过的青春，终会被一页诗轻轻地珍藏，如香软，如红轻，如春水初生。

形容一个女子的美，我看过很多美丽的词，也用过很多。但有一个，是我最喜欢的，也最不舍得轻易用的，那就是"软香"。

这个词，在我的高中时代被我一次次写进那些朦胧诗中。我写过一句"我站在花前，香是软的。我在你面前，你是不开不笑的那一朵，很坚硬地包住了你的心"。

是在很多很多年后的今天，偶尔会想到这个词，于是我开始努力追溯这一缕"香"——一个词开出的"香"，到底是我从哪里看来的？

闲时，我常会翻我手头上珍藏的旧杂志，我总想从中找到这个词，下面应该有曲线,像流水。

可是,一直没找到。我知道王实甫《西厢记》中有"软玉温香"一词,玉的软,也是美,是内心柔软好似更珍重而善待,所以用来赞美人自然是极佳。

又查得冯梦龙《警世通言》第二十一卷中有"软香温玉"一词,这才知晓,这"软香"是古人早就用过的。但是,我的少年,那时是不可能从这浩浩长卷中采得这一朵"香"的。我想知道是哪个陪伴我的写者,在哪篇文中用过,便让我的青春,连忧伤都变得温柔,变得那么芬芳了。

可终是无果啊。

查资料时得知有一种花叫"软香红",竟是我从未听闻的,说是中国古老月季品种。花紫红,瓣扇形,基部淡粉红色,花型中等,花萼长尖,花托杯状,盘状花,有浓香。

我一直有一种感觉,就是软香的香,应该是很轻的、很淡的,所以才软,但怎么也没想到,冠名"软香红"的月季竟是浓香型,但花色上相对不浓。如此说来,这"软香"是将浓的香柔软了一下吗?所以才与这样的红,相搭相配。

开始更多地读台湾作家周梦蝶的诗,是在他仙逝之后,看了有关他的一个平生影记,记录他每天起床、穿衣、吃饭、买报等,可是,就是这么些简单的日常起居,竟然让我看得心下软了又软,打算一直看到老。

所以,我从没看完这影记。每到哪一处我静思时,就停了下来。

他的一生,是柔软的一生,像他在细长的一条宣纸上,写着细长的毛笔字,或打着一首诗的草稿,一字一行地斟酌与珍重。

因此,更多关注他的诗。其中,竟然看到"软香"二字,诗中一句"软香轻红嫁与春水",让我在其中品了一年有余。

如此说来,那软香的香不管浓淡,这一软,就够了;那红,不是浓红,是轻轻的红、小心翼翼的红、不惊扰人的红。终于也明白,软香,与轻红,真的是再美好不过了,而都付春水,一生可喜。

软香轻红嫁与春水!

是那么让人喜悦啊。就像有的人似花开时,是缓慢的香、软的香,一瓣瓣地开,不疾不徐,与世界温柔相待。

做人该有这样的美,作文也该有这样的美。这样的软香,是世外的香;这样的香,从绿的汁液里,轻轻飞出一抹红,不多,却必不可少。软香轻红的人,是世上稀有之人。

为一个词,搜遍了少年城池,似是看了一场花开,既忧伤又惊喜。

如此，我觉得，我单薄过、我饱满过、我坚硬过、我柔软过的青春，终会被一页诗轻轻地珍藏，如香软，如红轻，如春水初生。

自然用软软的笔尖、轻轻的墨，写着几行。

我的青春，软香轻红嫁与春水。我忧伤和惊喜的都是，你是刚出生的那一朵。

与你
在最美的词上
坐一坐

归途 | 白音格力

好句精选

> 山泉是落香的归途，远方是诗的归途，江南是烟雨的归途，杯是酒的归途。你一笑，山花烂漫，是我的归途。

越来越觉得，那些有草木气息、花月光芒的人，是一眼就认得出来的。他们的眼神清澈安静，如两眼泉，也似月色停在一朵花上；他们不忧不惧，似白居易诗中老身闲独步的人，"石上一素琴，树下双草屦"，一派天真自在。

这样的人，一个人就是一个小村，一个人就是整个山林。身体里围起日月，扎起清风篱笆，心里挂起欢欢喜喜的花灯笼和月亮。他的人是烟水闲人家的人，他的心是烟水闲人家的家。

这样的人，是多么幸福。走千山万水，历万千风景，最终总有自己的归途，安稳在自己的内在世界里，隐居在自己最朴素的日常里。

人有时会有很强烈的逃匿心。是的，就是"逃匿"，而非"隐居"，仿佛眼前的一切人、事、物，都想抛开，一个人逃走。

在青春那段迷惘困顿的时期，我曾想逃到芦花深处，一片白茫茫的茫；也曾想藏于雪山深处，一片白茫茫的白。好像只有那样的苍茫无际、那样的枯寂无边，才能让我感觉到存在。

那时，我以为，这就是我的命运，是我的归途。幸好，我又继续上路，往美好的方向走，看山看水看花看草，走得越远，越觉得我是在走向自己；走到哪里，都是走在归途上。

会莫名地忧伤，为深夜见一位流浪的老人坐在路边，或为书中旧事百般唏嘘。有一次在书中看到一幅照片：雪地里一串浅浅的脚印，延伸而去，后又从一侧绕回来。看着，感觉美，是伤感的美，像此生未完成的诗稿，或生命。

当然，更多的时候，无数个平平常常的日子里，会微微一笑，见任何人、任何事，都觉得可爱。心无挂碍，觉得天地是宽的。

也许归途总会这般，忧伤过后才懂得平凡的伟大，才知晓安稳的可贵。

简单的生活，也许最美。因为简单生活中有那些细小细小的美，是我们一生的归途。

三两风，七八点雨，正好人在山中，草更翠了，雨打着叶，打着绿，心里就流起泉水来。一次刚登上山顶，下起雨，一友电话约聚，赴约时迟到良久，友不怪，说：那么远而来，一道清泉从山里来，值得等。好一顿感动。

另一次，披朝霞进山，夜月升起时才回，一路借着月，感觉草更绿了、更香了，夜风也香。人忽地一下明亮了，清澈了，很自在圆足。

一生行走，喜悦而幸福的，莫过于：尘不染衣，声不扰耳。想想真是美，人衣沾草翠，归途见微月。

如今，好山好水走过，春风摆宴，每一朵花都是归途；书页泛香，每一个字都是归途；月色摇船，每一圈涟漪都是归途；白雪铺路，每一盏烛火都是归途。

山泉是落香的归途，远方是诗的归途，江南是烟雨的归途，杯是酒的归途。你一笑，山花烂漫，是我的归途。

不再为了遇见你，而期待春风十里是我的归途。我知道，我的一生都在归来，途经你绽放过的一枝，途经你在风中留下的消息，已足够美了。

静夜 | 白音格力

好句精选

> 静夜是一杯清水,能看到一个清澈的人。静夜是一首诗,我等在一行上,迎另一行的人。静夜是荷,夏雨来时最幽清;是梅花,正好我披雪归来,归来且坐梅花下。

静夜像一杯缠绵的茶水,既有水的清冽,又有茶的余味。

我喜欢很静很静的夜。夜里泡好茶,窗口有月光,或徐徐小风,书桌上菖蒲宁静,我翻几页书,偶尔沉思,偶尔蹙眉,是极平常的事,也是最喜悦的事。

大概每个文人都属于静夜吧。一杯茶坐在静夜里,我也坐在静夜里。

诗人是属于静夜的;一个念着往事的人也是属于静夜的;旧年红是属于静夜的;你的嫣然一笑更是属于静夜的。

我坐在静夜里,想象二十四行白鹭,从你干净的指尖,飞了出来。

我一生的静夜,都被我派到窗外站岗,只为守着我一个人的精神领地。

在那里,我有一座以春天命名的城池,住着唐人、宋人;有十万疆土,驻扎草木大军;有千峰,住白云、住老僧;有二十四桥,住着流水和白月光。

我住山间泉边草屋里,春色半间书半间,每晚睡在泉声里、睡在月色上。

静夜让我回归自我。即使次日醒来,我仍不会迷失自己。

静夜是条小径,通向往事。

白日的浮躁、喧嚣,让人停不下来,也回不了头。只有在静夜里,在一杯茶里,或一页诗里,你才能顺着小径走回往事。

这样的小径,也似一张洁净的纸,你从第一行到最后一行,走出了一封长长的信,写的是一个人的眼、一个人的眉、一个人的唇、一个人的山长水阔。

最美的静夜,自然是在山中。

月光淡淡,白云团团,风牵着泉,深竹浮烟。此时的夜色,是草色、水色、月色、风色调和而成的。在其上,万物温柔,万物迷人。

你在其中,更深地领悟到静夜之美。

静夜是一杯清水,能看到一个清澈的人。静夜是一首诗,我等在一行上,迎另一行的人。静夜是荷,夏雨来时最幽清;是梅花,正好我披雪归来,归来且坐梅花下。静夜是流云的溪,是流风的枝枝叶叶,是流花的湖。

与你
在最美的词上
坐一坐

缘分 | 冯炜莹

好句精选

> 我与你有缘，像春日与薄衫薄裙，像江南与杏花油纸伞，像金风玉露，一相逢就知道。是你了，就是你了，你就是我，我就是你。

我以为，这世间的所有，都需要缘分的锁，将我们与其他锁在一起。

母亲怀胎时，脐带是我与她的缘锁；跌落在车篮的松果，风是我与它的缘锁；偶然路过谁的屋，听见身后谁唤我的名，那声音，就是我与他的缘锁；你的手覆在我的手上，那触觉，就是我与你的缘锁。

若是到达某一处旅行，往往喜欢无目的地走，凭着直觉，不看地图，也不担心迷路，就一直左拐右转。我相信，这样遇见的景色，一定是与我有很深的缘分。

缘是无心插柳柳成荫，是我出生在秋天，而你恰好心念秋天的生命。缘是不需要去寻的,它会跟着阳光照进生命来,会循着溪流漂到眼前来,会乘着风吻到脸颊或嘴唇上来。

我会细数很多的缘:与花,与人,与脖颈上的老玉,与手腕上的银镯,与一首诗,与一个词,与一句话,与我所沉醉的某一刻,与一个节气,与我的名字、我名字里的每一个字。

有些缘,是仅此一面,一世回望;有些缘,是一眼万年,一生影随。

一直觉得,我与茉莉是有着渊源的,一眼万年的缘。

遇它之前还尤其年少,恰好读到一个故事,故事里的女孩子穿藕白裙,温柔又干净,素简低调,就像一朵行走着的素白的花,清清地香着。

我一直想:说她像荷,过于清冷;说她是樱,过于热烈。她该是一种又清又美又纯的花,别在人的衣襟处。可惜我识香不多,说不出个所以然来。

偶然,小友给我采了一枝小茉莉,搁在书案前,说早上打扫落花的时候见着一丛茉莉,觉得美,就给我悄悄摘了一枝。

于是,那一刻起,我对那楚楚盈盈的茉莉,乍见欢,久不厌,每日每日总要去守着一会儿它。直到后来要离开故乡小城,还在那片茉

与你
在最美的词上
坐一坐

莉丛边立了许久，想要多看一眼，多记住一些时光。

到异乡不久，竟然一下子在街道上嗅到了熟悉的茉莉香，心头一阵惊喜，然后听见有女孩子的嗓音："瞧，是白茉莉。"恍若一道惊蛰细细的春雷砸在心上。

回眸望去，是茉莉，是我心心念念的——属于故乡的白茉莉。

我说，我与茉莉的缘，像剪不断似的，到如今，依旧是心头最欢喜。

若要我将缘分比作什么，我会选择茉莉。也是心有偏爱，也是因为缘分真像它。

小小的一朵，不张扬，不夺目，甚至啊，不慎就会错过。那似月光映水的白、香远益清的气息，只留给注意到它的人欣赏，一旦相遇，便有一份惊心动魄的美。

可，若要我将缘分比作一种颜色，我选杏色。

清清的底色，不妖娆，不寡淡，恰恰好的姿态，恰恰好的气质，恰恰好的氛围，像相互途经时的一个回望的眼神，有小小的惊动与心悸，然后淡然飘走。不纠缠，不抱怨，不依赖，不眷恋。

人间匆忙，相遇即是缘，即使是擦肩而过，也有一种静默的缘分之美。

缘分无论迟与早、深与浅，对人对物，一见倾心了，或是日久生情了，都是尤为重要的不可思议。

　　我与你有缘，像春日与薄衫薄裙，像江南与杏花油纸伞，像金风玉露，一相逢就知道。是你了，就是你了，你就是我，我就是你。

　　感恩缘分，将我们与一切牢牢地锁在一起。于是，世间产生了这许多细细碎碎的美好。

与你
在最美的词上
坐一坐

一笼云 | 白音格力

好句精选

> 诗意，一定是人的第三只眼，能看到非同一般的美；一定也是一门绝技，能化腐朽为神奇。

苏轼有一《攓云篇》诗，其小引特别有趣：余自城中还道中，云气自山中来，如群马奔突，以手掇开，笼收其中。归家，云盈笼，开而放之，作《攓云篇》。

哈，这个东坡先生，真是可爱得紧，可爱得让人简直恨不得把他从古代劫了来，天天为伴。你看，他不但会做好吃的东坡肉，还会写豪放词，更会捉云入笼这等天才般的雅事。

一定是那云，牵人魂魄，才让东坡先生大动干戈，施展独门绝技，捉一笼云带回家。想想他回到家中，开笼放云，屋里顿时有一朵云飘着,何其之美呀!读书时,这朵云飘在窗前;吃饭时,飘在桌上;睡觉时,飘在梁上。真是让人羡慕嫉妒恨呀!

我喜欢有诗心诗情的人,这样的人,内有大乾坤,胸有丘壑,看的、听的、闻的,都与别人不同,可自成世界,妙不可言。

有了诗心,看待万物的眼睛就变得温柔了;有了诗情,对人对事心总是柔软的。如此,我们为文为人,才有诗意的美。

我写文章,自觉不自觉地总爱笔端流出浮想翩翩、天真幼稚的想法。比如于窗前看书,累了抬头看云,再一低头,我会觉得突然间,"砰"——一朵云掉在我的书页上;比如要表现那种美好到骨子里的遇见,我会写:"为了遇见你啊,我曾在每一粒花籽的梦里,都印上你的眉眼;为了遇见你,我在每一条小径上,都种满春风。这样,你走来时,每一朵花都认得你;你经过时,每一朵花都会摇响铃铛。"

不管是"笼收其中"的云,还是掉在我书页上的那一朵,其实不过是内心的喜悦,此时人的心,天真如孩童。这种感觉很美妙。

诗意,一定是人的第三只眼,能看到非同一般的美;也一定是一门绝技,能化腐朽为神奇。

我常想,如果一首诗是天上的一颗星,那么我们古人留下来的是满天星辰。可是,如果缺了诗意,我们只有黑夜。

与你
在最美的词上
坐一坐

有时想想，诗意何尝不是天上的云呢？你能看到它的美，却往往感觉对它束手无策。但它真的是太美了，像有人放牧在天空里，自由自在。

很多时候，我们生活的诗意，就是要捉那么一朵云回来。任人生路上几多风雨、几多泥泞，有一笼云，累时可以拿来揩汗；满身灰尘时，可以擦亮眼睛；归家后，可以挂在窗前。

三月街 |白音格力

好句精选

若心中也开一条三月街,那里有卖诗的人,字句碧鲜;有背着一箩筐云朵的姑娘,似桃花流水;有卖布的老人,织上了草芽色。

在大理古城住的几天里,正是农历三月,并不知大理有条街叫三月街。直待到古城西门苍山门坐车去喜洲古镇时,突然看到车窗外闪现的三个字"三月街"。

一愣神,车驶过去。我急忙回身探头,想多看一眼。三月街就这么一闪而过,或者说,我从三月街前,一闪而过。

当时确实有些错愕,继而惊喜。竟然有一条街叫这么美的名字,不由得幻想:每年春天,各种花纷纷来到街上,赶集似的,闲绿也来,暖云也来,鸟儿也来,有的从苍山洱海来,有的从好人家的白墙照壁上来，好不热闹。

不长的车程里，我就那样坐着，心里春水绿波，微花细草，风啊香啊，灌满了我整个身体。

到喜洲是中午，入住了客栈，便出去吃饭。初到小镇，自然随便吃点。店家一眼就看出了我是旅客，第一句问的话竟然是：你从三月街来的吧？

三月街！店家操着极蹩脚的普通话，可我还是听到了这三个字，当时一惊。若不是我看到过这三个字，我一定听不懂，即使我追问，也不会知道这三月街究竟是怎么回事。

其实，当时听到了，除了喜悦外，我还真的不知道"三月街"究竟是怎么回事，我只觉得这名字美。我不知道，三月街是白族人盛大的节日。在随后的日子里，我才知道这节日有多隆重。

三月街是白族传统的民间物资交流和文娱活动的盛会。每年农历三月十五开始，白族人聚集在苍山脚下，欢歌乐舞。年复一年，便形成了一年一度的"三月街"。

离开喜洲时还要从大理坐车，一路上，见许多参加盛会的白族人赶赴三月街，不由得心里起了敬意。

有幸去坐车时正好要步行经过三月街街口，得以与三月街有一个照面。但可惜的是，因为急着赶路，赶时间，只能匆匆一瞥。

过后回想，最让人喜悦的是，与我擦肩而过的每一个来三月街的人，都是优哉游哉，不紧不慢的模样，而且脸上都有笑。

这个三月街不像我常见的集市，这里的车、人、竹筐、货物、花和天空，有着一派自然的生动。我看着这些混杂一起的人与物与景，竟然那么和谐，和谐得似一幅画。

我知道，我难免心存了诗意来看，但至少在我那匆匆的一瞥里，我感觉我正从一幅画里走了出来。

大理的农历三月，春风画笔，将苍山洱海描绘得更加绮丽，花开始灿烂地开，这时把春天作为一个隆重的节日，大家聚在一起，共同庆祝春天，是多么美好的事啊。

若心中也开一条三月街，那里有卖诗的人，字句碧鲜；有背着一箩筐云朵的姑娘，似桃花流水；有卖布的老人，织上了草芽色。

哪怕这样一想，这样存了一点儿诗意于心中，再看这个世界，是那么的珍贵。你愿意在这条三月街上，一直走、一直逛，那时天气澄和，风物闲美。

再回到尘世，我知道，我是从三月街来的人。

与你
在最美的词上
坐一坐

月下 冯炜莹

好句精选

> 在月下展开书信，展开画帛，画千古风流人物，写春江花月夜，月下的事多了几分闲愁、几分清思、几分幽寂、几分诗意。

欢喜月色笼罩的模样。清透透的，素白的，沁凉的，朦胧的，宛若一阕词、一首诗，宛若一幅水墨留白、一曲渔歌子。

时常于月下散步，赏看槐花被月色雕刻上幽白的光，听风摘了细碎的一地，以足尖着地，软软的，柔柔的，厚厚的。寒夜渡了鹤影，冷月葬了花魂。太美了，这月下的人间。

倘若方才下过一场雪更好。眼前一尺雪、半尺月光，处处都似被月色洇染，树梢挂着月，眼眸落一弯月，箜篌里藏了月，一念间歇着月。

在月下展开书信，展开画帛，画千古风流人物，写春江花月夜，月下的事多了几分闲愁、几分清思、几分幽寂、几分诗意。

我住在月下,静看人闲百花落。

月下的物总是清寂寂的。一笔一墨一纸一砚,一半掩在阴影里,一半浸在光亮中。

特意推开了窗,让花落到案几,让月光走进窗棂。花月不曾闲,醒来于纸上,如白瓷纹青花。

想起纳兰所说的"寻常风月,等闲谈笑,称意即相宜"。月下万物相宜,光阴变得温静。

空里流霜,汀上白沙,与月一起,是相宜之温静。

烹一壶茶,就着月光饮下;翻几页书,蘸着月光落笔。想这样把月色留下。月下适合说心里话,深蓝的苍穹,幽暗的光线,会悄悄为你掩卷珍藏。是谁在月下唱着:陌上人如玉,公子世无双。

我猜,那该是一段绮丽的相逢。

月下幽幽,集了春的鹂音、夏的惜时、秋的恋城、冬的玉净。

水边濯足,遥遥一只小舟上,老叟垂钓水中月,眉间闪着淡淡的月牙白,周遭是一阕凝了香的小令。

嘘,不要叫醒这幅画儿。

留我坐在一旁的石上,倚着左右修竹,把它道给你听吧。

与你
在最美的词上
坐一坐

墨心 |白音格力

好句精选

> 得好诗句,谈与知心人听;聊起花,知与知心人。多么深情而有趣呢。

我写过不少有关"墨"的意象。现在写作者少用笔,更难得见一缕墨之魂了,只有每日研墨习字者,才能在一缕墨里自舞自翩跹。

我觉得,一个人一笔一画的走笔过程,真的如同是在墨里舞。成语"舞文弄墨"可是含尽贬义的,它原指曲引法律条文作弊,后常指玩弄文字技巧。但是,在我个人看来,这个词应为中性词为好。

"舞文"二字极妙,读来仿佛便看到写者灵魂与文字那倾心之舞,雅人深致,风神谐畅,气韵飘举,高蹈趣味;"弄墨"二字又极轻松,不拘束,好似胸有成竹,风自起,云自飘,且喜乐,且自在。

大概为文者能把墨舞上一舞，才是至高之境，也才可从一缕墨中寻得大学问、大境界。带着这样一腔墨心于天地间自在走笔，每一步都是惊才绝艳的一笔，书写出自己的江河岁月、草木人间。

我们大多是平平常常的人，过着平平淡淡的生活，难得在一缕墨里，与草木、与岁月说些闲话；难得在一缕墨里，与往事、与一个人倾衿而谈。

但是，这并不妨碍我们拥有一颗舞文弄墨之心，研日常之趣之乐为墨。光阴的砚台上，自有好墨一缕。墨香一屋，墨心欢喜。如此，光阴的册页里，一笔一画早早地写好了几行，松上清风石上泉，岭上白云枝上月，好不潇洒自在。

我是极喜欢那墨之香的，偶尔我会借一缕墨，乱乱地写几笔。墨不是名墨，纸也不是好纸，但墨心欢喜，无边无际。整个人感觉自上而下，舒畅自在。

更多时候，我在自己的岁月里，在一方小天地里，安置了案头砚台，邀了清风明月，燃了小篆香，以一颗墨心向着那一场文字欢愉的诉说里，孤美深往，一往无前。

曾写过一种柔软的相见：

"有人闲身侍笔墨，落下的每一个字，都是一笔一画一段温良的

与你
在最美的词上
坐一坐

旅途，一路红红绿绿到你家门前。

"你推开门的那一刻，见门外人，眉眼如画，心里一软。你等的，你用一生的墨等的，不过是这样的一见。"

有人借句意在微博里给我留言："一生的墨，见一生的人，幸事啊。"说得真好，墨用"一生"作定语，那墨才是安稳的、带着喜悦的神色，笔触里流淌的，便是真情，如此见的人，必定也是"一生"的人。

以文字，深心以谈，谈所读之诗之句，谈日常一花一草，细细交心，多好啊。得好诗句，谈与知心人听；聊起花，知与知心人。多么深情而有趣呢。

我一直有一个愿望，就是可以好好地在墨里生活，说白了就是希望能记录每天经历的点滴、看到的微小的美好。涓滴之笔，成就不了我岁月的大江大海，却可以为我汇一道小溪小河。由此，我便可以每日生活在溪边，看花写诗，自由自在。

下了几次决心，但是终被工作、生活种种忙碌打败了。三四年过去了，常常不经意间想起此事，心中一紧，感觉丢了魂似的。

后来终于下了狠心，从那一年立春开始，每日抽时间记录几笔几段，一日不落。于是，就有了一本名叫《一生的墨，见一生的人》的书。当然，日常所记不过是书中一章，在我眼里，却是满满的一书芬芳，是华枝春满、天心月圆。

一生中，至少有那么一回，我饱满地活成一个春天，活成一缕好墨。整整一个春天，我守着一窗的花、一屋的书，悠然清静，心目开朗。我记录每一朵开或落的花，书写那些美妙旖旎的人生须臾。窗外，身边也有许多美好的、细腻的小事在发生着，泥融飞燕子，诗行飞白鹭，花枝系钓饵，眠听远方人。

就这样半年过去了，我把一个春天一直写到夏。每天涓滴，墨色四起，人间滋味，莫过如此。

我知道，我写的是一本光阴之书，我是写者，也是第一个读者。每每捧读几页静谧的文字，心中便起欢喜。我也知道，我抛开了尘世的那个"我"，我回归了自我。我欣喜这样的自己，终拥有一颗欢喜的墨心。

墨心欢喜的书，是写给我自己的，也是写给光阴的，更是写给每一个心持美好愿望的人。我会在扉页上写一句相送：我愿如一缕墨，在光阴的砚台上，与你磨心相见；在岁月的宣纸上，与你珍重而行。

与你
在最美的词上
坐一坐

少女 冯炜莹

好句精选

若能一直拥有一颗少女心，真真是世间最美满的事情了。晶莹剔透，明润有光，像一块琥珀，凝住了外界杂质，结出举世无双的宝藏。

在网络上看到一张相片，是一个女孩子。她侧身而坐，素衫长发，唇若二月桃花，看向镜头的眉眼清澈温柔，整个人望上去，像一件上好的白瓷、一幅美若旧时月影的画卷。

相片的主题是两个字：少女。不加赘述，不加形容，只两个字，简单而妥帖，清朗又明媚，定格着少女才有的干净和朴素。

"少女"这个词，真像一首诗。意境有，韵律有，情怀有，内涵也有。美得不刻意却深刻。

少女如诗。关于少女的小诗句，我喜欢席慕蓉的《千年的愿望》：

总希望／二十岁的那个月夜／能再回来／再重新活那么一次／然而／商时风／唐时雨／多少枝花／多少个闲情的少女／想她们在玉阶上转回以后／也只能枉然地剪下玫瑰／插入瓶中。

少女时期是青春，是希望，是活力，是安生无忧，是纯白如雪。所以，离开的人怀念，年幼的人期待。而很多身临其境的人，难得会有所悟。

可是，幸好啊，我在少女时读到这么一首诗，于是双眼生绿意，窗前一轮满月，吹面风是软风，檐下雨是绵雨，花中开了千里香，瓶中住了清风明月。多年后，在玉阶上转过身、回过首来，我依旧在二十岁的年少月色里，不会浪掷，不觉枉然。

古来，《诗经》就痴迷着少女。《诗经》的少女，气质里，有蒹葭白露的柔和，有听琴读诗的才情，有野生蔓草的坚韧；形容里，有冰肌玉骨，有秋水之姿，声如环佩叮当；神思里，时而有桃花的妖气，时而有月出的皎洁。

少女啊，一直是美好的代名词。

像是一只清雅的银镯。不是玉镯，玉镯清雅却高贵，有翡翠、羊脂白、蜜腊、糖玉、墨翠等颜色，暗含一丝妩媚撩人的缤纷。银镯青涩而质朴，更接近少女的至简至清，只是清凉的银白，带着初长成的

与你，
在最美的词上
坐一坐

一些拙质。

也是一根纤细的绣针，柔软细腻，又带着不谙世事的锐利。在旗袍上绣，在绢帕上绣，绣飞鸟，绣盘根错节，绣并蒂双莲。那锐利刺穿了帛布，奉上的是散淡又轻盈的心意。

少女，是一管樱花口脂，是两颊晕开的胭脂红，清丽而羞赧；是江南的雨，缠绵得像一阕宋词；是一条偶然遇见的幽深胡同小巷，安静内敛，又丁香一般忧愁美丽，错过就寻不回来；是一件白衣，清俊又儒雅，书卷气和仙气一路飘散。

少女，更是一朵我最爱的——素白的茉莉。民国电影里，看到女子扎黑亮麻花辫子，着浅蓝色斜襟小袄，有时皓腕一串茉莉，有时脖颈一朵茉莉，有时衣襟别茉莉，清浅一笑，吆喝一句："买一枝茉莉花吧。"干净的笑靥，干净的衣裳，干净的花瓣，冲淡了电影原本压抑的气息，怀旧中带着清美，似淤泥中破出的花，像乌云散开后的白月光。电影里那些小人得志、那些刀光剑影、那些不堪入目，都不记得了，只记得少女干净的样子，只记得民国这般清气肆意的美。于是忍不住，在电影的这一端，回以晏晏一笑。

去喝咖啡。不找寻常店铺，兜兜转转地到了开在小巷的咖啡馆。门前挂着风铃，一推门，一阵叮当作响，像少女清脆的笑音。咖啡馆里安静似禅室,耳边隐约有古曲,铺着碎花桌布的案几上置整整一玻璃罐的曲奇,一旁点着烛光小灶,一壶深粉色的茶水临于其上,偶有几声钢琴琴键被客人触碰后发出的音调。

咖啡馆的主人是已步入中年的女子,面上却无深刻的岁月痕迹,青丝绾成花苞,素净的衣裳,纤瘦细腻;在咖啡馆里或坐或站或走,都带着一股清丽的花气,煮得一手好咖啡,也画得一手好画。我一边捧着拿铁,一边在店里来回地赏墙上挂着的她的画,看古老的唱片机,翻泛黄快破落的书页,新奇又快乐。

偶然发现咖啡馆后门是一座小花园,养了许多的花。我笑问:"给我画一朵好吗?"

她笑:"好。"素手执笔,在明信片上勾勒出一只锦鲤与荷,题"一生少女如荷"。

自然好的。纵然年岁留不住,至少一颗心啊,可以一生似少女,如荷。

少女心像四季轮回。从春风初生的明媚到夏雨的摧残,经历秋的萧索,到了冬天,铺天盖地的一场雪下来,白白的,素素的,静静的,喧嚣不见,颓唐不见,来年风一吹,春又重生,一颗心也复苏,依然如初。

与你
在最美的词上
坐一坐

    在俗世中永远保留一颗剔透的心，是多么不易的事情。

    我的母亲，恰恰有一颗不老的少女心。

    母亲在家养了许多的花，搁在窗台上，每日浇水、松土，对我说：今天哪一朵花开了，哪一朵落了。时常地，她给我发几张她养的花的相片，角度不同，花型各异，清露欲坠未坠，看得出很是被呵护。

    闲心悠悠。多么少女，对美好的事情有着热情与感知。

    见过母亲真正少女时期的照片：清爽的短发，清秀的眉眼，在一群女生中不明艳，却有一种淡雅的美。像一枝素清的花，温婉又清亮。那时候便总是认为她应该生活在古时候，开着一间小小的茶馆，长长的棉布裙，长长的发，烹茶作画，种花读书，禅意满满地听别人的故事，风霜不染，静若处子。

    不久前，她让我看她二十周年的同学聚会集体照，那些在她青春时期相册里的人都被岁月改了模样，看起来既沧桑又黯淡。回头看看母亲，也不再年轻，可眼神依旧明亮，笑声依旧朗朗，真挚又清脆。

    我想，岁月该是会偏爱有少女心的人。

    母亲不会告诉我人生的捷径，不会告诉我人生的不堪，她只会告诉我：大富大贵，不如心似清水。

    心似清水，才能洗掉泥垢，才能安之若素，才能静水流深，才能宠辱不惊，水滴石穿。

世间最温暖的事情是，无论在外面受了多大的委屈，回家见到母亲等着我的身影，看到母亲那失望过却依旧会为小事眉眼弯弯的模样，破碎的心瞬间被治愈，然后继续像她那般，一直相信美好与温柔。

朋友说，想要去奈良，看看奈良的小鹿，看看它们明亮清澈的眼睛，像是对世界有着无限的憧憬与爱。

有一回翻到拍摄小鹿的影像，乍一看，一双双迎向镜头的眼睛，确像对人类情意绵绵，纯然不见杂质，无害而柔软。明明是柔弱的群体，明明随时危机四伏，时而需要躲避豺狼虎豹，时而需要在猎枪下挣扎逃亡，可那眼里，依旧无染无尘亦无畏，清清明明，不含怨气，宛若未涉世的少女，隐隐藏着灵巧坚韧的力量。

想起雪小禅老师的《采采卷耳》有一句："任何时候，简单、干净都是最美最饱满的，它暗含的力量，是化骨绵掌，是晚风中轻轻吹起的白衣那角，裙袂飘飘，却已然倾城。"

世间所有的纯粹，因为简单，所以敢闯；因为干净，所以动人。

若能一直拥有一颗少女心，真真是世间最美满的事情了。

晶莹剔透，明润有光，像一块琥珀，凝住了外界杂质，结出举世无双的宝藏。

与你
在最美的词上
坐一坐

  后来，我将社交圈的头像换成麋鹿少女，她垂眸闭眼，头生犄角，鸟歇其上，宁静致远。

  有人来问我，此间有何含义？

  我答，她是少女，所以有些迷茫，也有些迷糊，迎向世界的姿态很温柔；也因为有着犄角，所以不会被无情的世界伤害得深刻，懂得原谅，也相信爱与真诚。我不过是希望，我能与她一样——

  哪怕世事沧桑看遍，却始终有一颗珍贵透明的少女心。

  一皱眉，青山不倒；一展颜，花开倾城。

暖香 冯炜堂

好句精选

时间是一块帛,我愿带着好心意绣上经年的一枝花、一溪水,然后与之久远对坐,老成绰约的散文。

想为一人抖落一场雪。

一场温暖、香气绵密的樱吹雪。

最好,是与月光一起落下,一阕阕的白,一枚枚的柔软,吻肩头发上、手心手背。

玉漏声声,陌上素雅。

黄昏人静,暖香吹月,雪落无息。

周末去骑行,途经开在幼年的花木。

时间是一块帛,我愿带着好心意绣上经年的一枝花、一溪水,然

与你
在最美的词上
坐一坐

后与之久远对坐，老成绰约的散文。

于是，停车，蹲下，捡拾，挑选。甚至整个身子伏在了草地上，只为寻一枚作书签的花瓣，不顾路人纷纷回眸。

风起，一帘花碎，遮住双眼。心里，是一方砚台，墨香绕入从前。

诗里曰：踏花归去马蹄香。

何止啊，踏花归去，人心都暖了。

《红楼梦》里，惜春闺房厦檐下挂着"暖香坞"的匾，院内红蓼花深，冬日屋内铺红毡，大观园的人喜于此猜春灯谜。

住暖香坞的人，定会以风月煎茶，身旁有光阴与花，唇间抿暖意，眼里生一卷火红的执念。

如此女子，与暖香必有深深的缘。若是走在诗词里，她应会手拈一枝火红的虞美人，着一身烈焰般的衣，成为一阕热烈的词牌名，为寒冷之心掊上暖而香的绢帕，为无处归的魂沏一杯暖又香的茶。

坐下，听罢一折浮生戏，想到家中有那么一人，可为你烹一盏茶，为你温一壶酒，为你养一畦水，为你调一碗清粥、一羹汤，为你题一首诗、添一炉火光。

不再有去年天气旧亭台的遗憾，因眼前有人可以珍视，亦有人珍惜着自己——

你把米淘好,他把白饭炊熟;你把案几擦亮,他把门户清扫;你把墨研好,他把词赠你——

同度云影苔痕少年雨,月朗风清白头雪。

你的唇边有他的暖,他的眸中是你的香。

与你
在最美的词上
坐一坐

白衫 冯炜莹

好句精选

> 抱在怀里，像是可以永远把年少的月色抓紧，把光阴抓紧，把婵娟抓紧，把清净抓紧，把素心抓紧，更把那个白衣潇洒、信手为我簪花的少年郎，牢牢抓紧。

"陌上人如玉，公子世无双。"

那公子，着的定是一袭白衫，青竹其上，或梅点其间。

那公子，定是玉般温润、月般清雅、风般柔软。

白日里的尘埃，随飘起的白衣袂散尽，烟云收敛，倦鸟归巢。

所以，公子一眼，便让另外的人，铭记万年。

"白衣裳凭朱阑立，凉月趖西。点鬓霜微，岁晏知君归不归。残更目断传书雁，尺素还稀。一味相思，准拟相看似旧时。"

纳兰在一阕词里，站成白衣胜雪的诗行，站成云澹澹、水悠悠的横笛音,站成春溪月里一叶舟,站成一轮凉了温度的月。望断天涯路,只盼一卷尺素来,言笑晏晏归。

烟水老,长堤旧,雕栏玉砌朱颜改,盼不到你归来后亲手煮的一味相思药。

可还愿意捧着一颗素心,披着白衫为你,长长久久地等啊等。

苏州的香雪海有个古老的典故。

据说,清康熙三十五年,江苏巡抚宋荦登马驾山赏梅,见白梅似海,万里幽香,余韵清长,于是千言万语化作一枚千古叫绝的名字——"香雪海",并题词镌刻在马驾山的石崖上。自此,香雪海闻名遐迩,流芳百世。

纯粹芬芳,无瑕如玉玦。

难怪记忆里那个叫香雪海的白衫姑娘,爱到失去仍是无私。

路尽隐香处,翩然雪海间。我知道那白梅,正是香雪海生命里的那袭白衫开了人间,为的是掩盖红尘的不堪与不忠。

白衫,白衫。多美,多美啊!

美到林徽因作诗时一定要换上,美到荷塘的莲一定等了烛光隐去、白月光浇衣才慢慢开放,美到林风眠非要把仕女图画得白衫素裹、纤尘不染,美到青花瓷亦以白衫为底渲染青蓝的勾勒。

与你
在最美的词上
坐一坐

  从前就倾心白衫，此时趁着还是白衣飘飘的年岁，为自己添了委地白长裙。

  抱在怀里，像是可以永远把年少的月色抓紧，把光阴抓紧，把婵娟抓紧，把清净抓紧，把素心抓紧，更把那个白衣潇洒、信手为我簪花的少年郎，牢牢抓紧。

  此生愿身着白衫，不负这一袭出尘无瑕。

桃花鱼 | 冯炜莹

好句精选

> 桃花鱼，桃花鱼，总能在绢子、碗底、衣裳、妆盒、画作上见到。每每此时，都要感叹当今有人能将一器一皿、一羹一汤、一室一瓦、胭脂妆奁、衣衫书籍，做得如此古意隽永、意义深重，当真是有一颗极其温柔美好的心的。

求得一袭素白汉服，淡灰交领，清浅大袖衫，绣着红鱼游戏，桃花惊梦。衣衫有名字，作桃花鱼。

"西塞山前白鹭飞，桃花流水鳜鱼肥。"轻声念出一句诗，惊觉还无桃花可探，便披上外衣，在里头穿着桃花鱼，去赏白梅。

尚在冬日，南方四季绿意不退，暖意偶然回笼，风清云淡天色空明，除了无桃花，当真与春日无异。明知冷风萧瑟，却依旧要在臃肿的外衣下精致，当真是爱美心不止。在山前站定，伸手，广袖垂落，如蝶翼，如白鹭展翅，袖上的鱼和桃花栩栩如生，粘上几粒小白梅，

与你在最美的词上坐一坐

当真是应了那一首《渔歌子》。

就像那素衣，明明已经净得脱尘如仙，偏偏要点上红鱼和花，好似女子染胭脂，不会毁了那干净半分，倒是妍丽了，有活泼泼的生气。

桃花与红鱼，本身就美，何况寓意。或许太过于美好，饶是自长成来便不再在意招摇颜色的我，依旧对这素白衣衫间一点红，有了不一样的心动，像是少女在少年瓷白如雪的面容上，留下的微微唇红，又像是落花悠悠在池中央，泛起的一圈圈碧波涟漪。无限荡漾，无限清美。

桃花鱼，桃花鱼，总能在绢子、碗底、衣裳、妆盒、画作上见到。每每此时，都要感叹当今有人能将一器一皿、一羹一汤、一室一瓦、胭脂妆奁、衣衫书籍，做得如此古意隽永、意义深重，当真是有一颗极其温柔美好的心的，所以愿意祝福世间。作为使用者、观赏者，太容易被这份心意打动到浑身温暖。

桃花鱼，花即美意至，鱼则有存余。

很小的时候过春节，喜欢往楼下人家里钻，不为别的，只为了她家小厅的迎春与桃花，还有门边鱼缸里新添的红鱼两尾。自家的春节过得素朴简单，只在吃食上有鱼；最烦琐，是贴了窗花，虽也是岁岁有花、年年有余的好意头，却总觉得少了什么。

少了那含苞或盛开的真的花儿呀，少了这样生动到心里的美。纷繁妖娆的花，就那样俏生生地立在枝头，像姑娘云鬓的发簪，闪着光泽似的，一下，就照亮了整个春天。到了夜里点上灯，花影憧憧映在墙上，映出几分水墨画卷的味道；有人来访，会凝神在面前，而朝人问一句："你这画卷儿，是用桃花香墨作的吗？"后头有人笑答："是的呀。"

要内心装有多少的美好，才能年复一年地种花养鱼，以不素朴也不繁杂的动姿态，来表达有多企盼年年运气至、岁岁有余粮。而这样的心思被我不自觉染上，等到他们搬走，我便一直磨着母亲去买花买鱼，养到颓败老去，也美也欢喜。

思及此，见案前缺了许久花与鱼，动身去买，不料吃了闭门羹。回程时碰见拎着小香囊兜售的阿婆，香囊上贴着茉莉、栀子、玫瑰、桃花等标签。忽然想起适才读到的花事：有一次在地铁口遇见一个卖栀子花的老太太，满头银发，一口苏白。同她闲聊："阿婆，侬年纪那么大了，干什么出来卖花啦，辛苦伐？""哎哟，你不懂，今生卖花，来世漂亮。"

今生卖花，来世漂亮。不生在阿婆的时代，不知这句简单却明亮的传说，是从哪里生长出来的，素雅得要人心颤。为了来世自己不会

与你
在最美的词上
坐一坐

知晓的美,于是今生心甘情愿卖花,如此多情,又如此专心执着于美。卖香囊的阿婆,是否也是因为这样俏丽而美好的传说,出来卖花拾香的呢?

若是,真想对阿婆说:其实,您今生也很美,美入骨啦。

近来与桃花鱼似有缘。

给苏姑娘寄去桃花酒。她尤爱酒,又不想她沾过多酒精,于是挑了最清浅的花酒,酒瓶子也是古时的小小酒坛子,粗糙的纹路,却是桃花的颜色,粉嫩至极,喝光了酒,还可以插花、盛月色,为生活平添几分儒雅。我在信中写,知你案前有鱼,赠你晴天有酒,只管饮花,冥思鱼。

送酒复还来,又给人赠一款胭脂,青梅陶瓷盒子,嫣红桃花膏子,抹两腮、眉眼、唇,媚而不俗,魅而不惑。恰好姑娘余姓,我赠桃花胭脂。

当时无意,如今细想,这含义真令人欣喜。

回老房子,吃食间分到一羹汤,素雅白瓷,碗底画一尾鱼、半瓣花,一笑一仰间,若溪水入喉,饮尽这世间纯良美意。

云生处 秦淮桑

好句精选

> 山之麓,是美丽而清静的地方,常有云携着云、风挽着风、花香牵着花香。来此散步散心,它们散发出的清淡气息安静迷人,令人闻之心喜。

云窝

武夷山天游峰脚下有云窝。单听"云窝"二字,便觉得奇妙无比,莫不是这里居宿着许多轻逸可爱的云儿?它们之中,一朵安静,喜欢倚着枯树听鸟鸣;一朵慵懒,整日里枕着石头眠觉,呵,青苔又凉又软;一朵活泼泼的,一忽儿飘到东,一忽儿飘到西,看看蚂蚁搬家,听听蟋蟀弹琴,也觉得很有意思;一朵调皮,刚刚惹哭露水,又去碰掉花瓣,真是挨了多少训斥也不知悔改;一朵温柔,说话的时候总是轻声细语,走起路来没有一点儿声音,连睡眠浅的草籽也不曾惊醒;

一朵贪玩，时常在外流连忘返，玩得忘记时间回家。

这些可爱的云儿就生活在云窝里，终日与山川河流为伴，与草木虫鱼为友，从不感到寂寞，从不感到无聊。当山中小径回响起砍柴人"笃笃"的足音，它们甚至会请他到云窝来歇歇脚，央他讲一两个有趣的故事。砍柴人也许会打趣它们："从前有座山，山里有个洞，洞里住着一窝云……"

这样想着，忽然听见前面有人扬声说："蟋蟀造宅，鸟儿筑巢，云朵也会做窝，它们的窝就叫作云窝。每年冬春的早上进山，可以看见云窝云烟缭绕，如梦似幻，异常美丽。"

我不由得抬头，循声望去，只见十步开外，有两块覆满了苔藓及蕨类植物的大青石，互相倚靠着，倾侧成一个简陋的洞穴，洞内设石桌一张、石凳四张，可供行人歇息。洞前竖一石碑，一面凿刻"云窝"二字，填了红漆，格外鲜明，另一面是对云窝的简单介绍："……奇峰兀立，怪石峥嵘，冬春常有雾浮涌，云卷舒，倏忽变幻……"

若是能在冬春季节的早晨入山，走至此处便停下，摆开随身携带的茶具，沐手泡壶武夷岩茶，静坐，品茗，听风，看云生，该也是人生一大赏心事。

云麓

山脚林木蓊郁，杂草丛生，有鹿于其间闲行，饮水，觅食，故此地谓之"麓"。《说文解字》云："麓，守山林吏也。从林鹿声。一曰林属于山为麓。"

山之麓云生雾涌，清溪潺湲，鸟雀鸣喧，采茶人背着竹篓下山，渴倦，俯身于溪边掬水畅饮，溪水清润甘甜，饮一口便觉得舌底生津，渴意顿消，再饮则微风拂面，神清气爽，可以继续赶路矣。

麓有人家，白墙黛瓦木篱笆，屋前五六株果树，屋后三四片竹林，院子里花开不断，柴门边卧着一条土狗，草地上有一只母鸡领着一群小鸡刨食，树荫下站两只呆头鹅。一切都是山中人家恬淡平和的模样。山民们幽居于此，日出而作，日落而息，自给自足，自得其乐，与世不争权势，与人不争利益，只伴一座山一溪水朝暮晨昏、冬秋春夏。我所向往的世上人家，莫过于此。

山之麓，是美丽而清静的地方，常有云携着云、风挽着风、花香牵着花香。来此散步散心，它们散发出的清淡气息安静迷人，令人闻之心喜。

这草木葳蕤、云雾缭绕的山脚原来是有名字的，石刻上蕴秀的"云麓"二字就是了，而云麓里白墙黛瓦木篱门的宅子就叫作云庐。几时能到云庐做客去，小住三两日也很好。

云汀

我是从范仲淹《岳阳楼记》里知道"岸芷汀兰"这个词的，意思是说，岸边的香草、水边的兰花，香气淡远，颜色青郁，用以形容君子之风。很美的词语，"汀"字也美，念起来真是清脆，似玉做的簪子轻轻叩响瓷杯子，发出的声音好听得让人心微微一颤，几乎以为那玉簪子要碎掉了。

汀，即水边的平地，松软，潮湿，兰芷幽幽，芳草萋萋，红蓼垂着花穗，低眉顺眼开了一大片。有体态优美的白鸟在汀上踱步，意态悠闲，待人靠近，却又仓皇飞走，隐入茂密的丛林里去了。

雨后，天空放晴，湖蓝色天幕干净柔软，似一匹上好的杭州丝绸，上面游弋的白云优哉游哉，没有匆忙狼狈的痕迹。云映入水中，清清白白，绵绵软软，鱼儿乐得游来游去，啄一啄水草，撩一撩水花，想把云朵抱回家。云软软地笑着，一点儿也不嫌鱼儿胡闹。

我想，诗人看云，爱的恰好是它这份悠然从容之态吧。"行到水穷处，坐看云起时。"那样恬淡美好的意境，总是令人心生向往。世人追逐的太多，心已被尘世的尘磨蚀，变得粗粝，缺少对无用之美的热忱,这是颇为可惜的事情。

我遗憾的是,不能居于清溪流水边,日日草帽布裙,顺流而下;或者是溯洄而上,溪边浣衣;或者是在桥边大树下一坐半晌,看天看云看低处幽萋的草,和草丛中不知名的小野花,虚度浮生半日闲。

尽管生活磨人,但好在我仍有闲情给自己布置一间房,墙上贴自己画的荷花与红梅,书橱里放满喜欢的书,玻璃瓶里插一把"勿忘我"干花,案头前放一只手工香袋、一把手绘海棠扇,茶罐里有茶,酒坛里有酒,窗台上养几株秀气绿植,比如绿萝、文竹、蓝姑草,还有铜钱草。铜钱草用清水白石养在一只海螺壳里,晚间照得见月,白日看得见云。

这间房该有个美丽的名字,就叫作"云汀"好了。

与你
在最美的词上
坐一坐

飘雪 | 陆苏

好句精选

喝"飘雪",每一寸意念、每一寸空间,都被花香茶香你中有我、我中有你的草本香宠溺,每次都会心生美好和莫名的感恩。

有一种绿茶叫"飘雪"。

当"飘雪"在一杯清水里慢慢盛放,如莹白春雪和嫩绿春天的初见。

但见茶汤渐绿,宛如从春睡中惺忪醒来的茶芽和雪白的茉莉花将一个青葱的春天缓缓重现。氤氲茶香里,有清风明月,有山岚炊烟,有林声鸟语……

与一杯"飘雪"对坐,如与春天手谈,如与春风共席。

喜欢这茶,是因为它自带唯美画面的名字。

深爱这茶,是因为它是一位我很在乎的朋友送的。

喝"飘雪",每一寸意念、每一寸空间,都被花香茶香你中有我、我中有你的草本香宠溺,每次都会心生美好和莫名的感恩。但每次又总觉得缺点儿什么,也许是一种珍爱的仪式感。

一直觉得,对在乎的人、重视的事,或者对一本喜欢的书、一张心仪的唱片或碟,都是需要仪式感的表达的。哪怕一个人潦草轻慢一生,也总会对那么几个人生细节给予认真、隆重的礼遇。

午间,和妹妹在一起,沏了"飘雪",未及啜饮,无意间看向窗外,突然发现刚刚还是微雨的室外飘雪了,而且是很大很大的大雪……

那真的如鹅毛般的雪花顺着晶亮的雨丝从天上飘飘然倾囊而下,好像是上天突然做出了一个重要决定后的昭告天下。

那雪纷纷扬扬飘落在院里那棵盛放的红梅上,美得深情中有飞蛾扑火般的决绝,美得寂静中有裂帛之声的惊艳。

我和妹妹仿佛被封在了窗前,眼都舍不得眨,一动都不敢动。

终于等到了,天地间的红梅飘雪,杯中的绿茶"飘雪",完美相见。

从未想过,这世间真的有如此绝配。真的没想到,一杯美好的茶也会有和天意相合的机缘。那么,人呢?是不是也都有相互懂得的最好的安排,也许早,也许晚?

不过十分钟,雪走了。

与你
在最美的词上
坐一坐

因为太美，所以转瞬即逝？无从问。

好像红梅飘雪只是绿茶"飘雪"做的一个梦罢了。不需追。

还好，我怕忘记了，用手机录了一段飘雪。然后，铭心刻骨。

今生今世，哪怕天地都忘了，我依然会记得。

始终相信。

该来的飘雪一定会来。

每一片飘雪都会落在想落的人的面前。

小村 陆苏

好句精选

好诗一亩,得来并非容易。日出研墨,日落收笔,候准每一个节气,等诗红、等诗绿。这样的诗,好看又好吃。诗熟时,一捆一捆地背回家去。

桃花走了,梨花也已挥过衣袖。油菜花住进了长廊似的闺房。

没有窗,它一定不能看书绣花,一心只是睡足了猛长,等哪天不小心,一翻身,就挤出一线天来。

沉寂的乡野,唯有那绿到处嚷嚷,嚷得满世界都是它的绿了。满眼的绿随音阶错落有致。

那叫作家的房子,前后左右覆遍了似水流淌的绿藤。绿藤半掩的那几扇白格的小窗,祥和鲜活的日子快乐地进出着。当炊烟起时,这家就是这世上最让人住着还想的地方。

与你
在最美的词上
坐一坐

家门口的"金色池塘"成了一汪翠绿,鱼在玉里游。淘米的时候,常常觉得那米也会染得翠翠的。家住的小村婉约如诗。我们每天在新鲜的诗里生活。厚厚的一本诗集,随便翻来一页,是田头,是地角,是晒谷坪。风吹诗长,满垄满畈的书香。那叫作"麦子、水稻、紫云英、豌豆花"的诗,总是长得那么心领神会的水灵。

好诗一亩,得来并非容易。日出研墨,日落收笔,候准每一个节气,等诗红,等诗绿。这样的诗,好看又好吃。诗熟时,一捆一捆地背回家去。篮装,筐存,碗盛。

装订后,或送到很远的山外出版,或码在堂前。《春秋》一桌,《诗经》一盏,自耕自读,自给自足,其乐融融。

小村曾很穷,现在好了。但无论贫富,相爱的一家人总是一样地过着每一个不会再回来的日子。吹箫弄笛或是割禾插秧,在我们是一样随意又隆重的事。喜拉二胡的父亲,把好曲连同他的岁月,都侍弄得漂漂亮亮。生活中的补丁,也因母亲的巧手而妆为别样的精致。

也许有一天,我会在离东篱很远的地方种着自己的菊花,找一块可耕的菜地,过着一样心境的日子。但一样的月亮,一定不会有家门前的月光清亮。家住的小村,名叫"和尚庄"。

眉间 沐尘

好句精选

> 菩萨低眉慈悲，眉间开满了莲；母亲低眉细缝，眉间挂满慈爱；游子低眉思故乡，眉间载满乡愁。

眉间，开遍三春花事，拾尽人间落红，那一舒一锁，要多妖娆有多妖娆，要多冷煞有多冷煞。

眉间，是宋词里的天上人间。

女子的眉间最妖娆。蛾眉、柳叶眉、小山眉、月眉，美如律诗绝句！眉间一弯秀、一叠远、一念痴、一蹙愁、一点凉，收尽旖旎。那一笑一颦，似十里春风、半顷落荷，可爱又可怜！

因那句"让他一生为你画眉"，自己的眉间便藏了一朵若隐若现的桃夭。时而遐想公子无双，抛了功与名，携美人如玉，红袖翠竹，

与你
在最美的词上
坐一坐

相伴红罗帐、小轩窗，轻提笔，在那眉间点一朵花钿，我望你眉间情深似海，你望我眉间灼灼其华。这样的爱情，不谈拥有，想一想都是美的。每个女子眉间都有这样一朵桃夭！

惊艳于林青霞所饰东方不败的眉，美若飞檐！眉间俊逸、潇洒、霸气，尤其是那股冷傲之气，妖冶冷艳，亦正亦邪，所过之处，有春波微漾，也有草木萧疏。只一副眉间，揽尽一生叱咤，冷暖笑傲，得失成败。

人生如戏，出戏入戏，戏的重彩便是画眉！

风霜为底色，时光打鬓，岁月摹眉。眉间好景致，还须人自己来画。一生，画少年眉间的梨花白，开满浪漫与踌躇；画中年眉间的一树红枫，开满深沉与热烈；画老年眉间的江心秋月白，颐养烟波钓叟的宁静与淡泊。

一直，羡慕山间渔樵，眉间悠然自得，带着不与世争的敦厚与温良，每日渔波泛舟，汲水而歌。奈何此生是做不得渔樵了，只抽空常去野外溪边走走，让自己眉间飘白云、响清泉、挂清风、沐朗月，种上小野花，开出自我，开出洒脱闲逸来。

或是闲品一杯茶，让自己的眉间熏蒸世事浮沉，氤氲茶的芬芳与清纯。或是静读一本书，让眉间染墨香，眉梢舒展韵脚！

菩萨低眉慈悲，眉间开满了莲；母亲低眉细缝，眉间挂满慈爱；游子低眉思故乡，眉间载满乡愁。

而你的一低眉，恰好柔软了一阕江南，催绽桃李芳菲吐。

我的眉间是一阕塞北，支着红泥小炉煮雪，等你春风词笔报花信，展开一幅行吟水墨的江山，你送我一眉好水，我回你一道青岚！

第二辑

横竖撇捺，笔笔草木花

一年的草本时光 仿佛一台光阴的大戏

从春天开始，花草树木们络绎而至

辗转于节气的紧锣密鼓

青衣水袖迤逦，花旦欢颜俏丽

一朵花、一棵草的一生一世 看似不动声色

其实也是百转千回的一辈子

也是需要好好珍爱珍惜的

与你
在最美的词上
坐一坐

草本时光 |陆苏

好句精选

> 小村是我的"本草纲目",那些无处不在的植物馨香,是最好的补心之药。小村是我的"草本太极",就算只是树下伫立,就算只是花间打坐,哪怕只是在草坡上将自己缓缓放平,也是最好的修身之道。

一年的草本时光,仿佛一台光阴的大戏。

从春天开始,花草树木们络绎而至,辗转于节气的紧锣密鼓,青衣水袖迤逦,花旦欢颜俏丽。一朵花、一棵草的一生一世,看似不动声色,其实也是百转千回的一辈子,也是需要好好珍爱珍惜的。

那花苞层层打开的喜悦,那让春天的夜晚屏住了呼吸的油菜花的金黄和无边无际,那草色如绿水漫过村庄的每一寸田地的柔情蜜意,那菜园子里满架豆蔓葱茏翠盖的缠编,那闪电照亮树屋顶上千万滴雨的雅集……

俯下身，用安静的心，就能听见花朵在枝条里的低语，就能感受到大地上最恢宏、最细微的生长的喜悦和美好。

周一到周五在都市颠簸谋生，周六周日在小村散淡生活，是我的日常。在场景的转换中，有多了一世轮回般的窃喜，也有忙倦了有处可逃的庆幸。我对生我养我的小村心怀感恩，也对我的工作和工作的城市心存感激。

城市是我的谋生之地，我在这里以工作淘换米粮之资，获得安稳生活的约定。虽然有辛苦和纠结，但我还是真心愿意把自己每周七分之五的时间认真努力地挥霍在这里。

小村是我的"本草纲目"，那些无处不在的植物馨香，是最好的补心之药。小村是我的"草本太极"，就算只是树下伫立，就算只是花间打坐，哪怕只是在草坡上将自己缓缓放平，也是最好的修身之道。

常觉得自己是个纸上的庄稼人。我想要自己的文字，像是从地里直接长到了纸上，有时沾了露水，有时带着泥巴，喜欢它们带着小村的印记，喜欢它们有着自由任性的呼吸。我希望，看见的人能和它们会心地相视一笑。

那天写了首诗，配的图是和自家房子一样高的一树如雪盛开的白玉兰。一位未曾谋面的朋友看了留言说："你家是有多美，这树大气磅礴的玉兰，让我安静想会儿。"我突然好像是第一次感觉到，真的，我家是有多美，不仅有如灯盏般可以照亮春天夜晚的白玉兰树，还有两棵芳龄三十六的、可以在树下放几张小桌子喝茶的含笑树，还有三棵年方二十五的、绝代佳人般的双色海棠，还有一棵树冠有三十多米宽的大香樟树，还有三十几棵一多半都已二十几岁的金桂、银桂树，还有门前的莲花、屋后的竹，还有辛夷、芍药、蜡梅、蔷薇，家养的蝴蝶和小鸟……

原谅我以后可能会忍不住骄傲地这样说话：虽然你有好车，但是我有大树；虽然你有好房，但是我有几十棵大树；虽然你有好家底，但是我有几十棵爸妈亲手种的几十岁的大树……

感谢我的爸爸妈妈，给了我们兄妹一个和美的家，教我们真诚善良和感恩，他们的爱和院子里的花、树一起，一直守护着我们。有他们，就有岁月，就有永远。

让每一个草本的日子，向爱而生，向暖而生……

小溪若眉 陆苏

好句精选

> 一年中总有些日子,小溪的水汽和山岚、炊烟相伴着扶摇而升,青瓦的屋顶在白色的烟岚里安静地端坐着,如天上的村落。

小溪若眉,画在村庄的脸上。

那画小溪的笔是新的,那墨一定磨了半晌,磨得似乎有了清甜的气息。那描摹是干净洗练的一笔,一气呵成,微微弧度,眉梢渐隐,收入青山的鬓间。

小溪就叫小溪,没有人给它取过名字。应该是没有人烟时小溪就在了,村庄是一户二户三户逐水而居渐渐形成。一年中总有些日子,小溪的水汽和山岚、炊烟相伴着扶摇而升,青瓦的屋顶在白色的烟岚里安静地端坐着,如天上的村落。

与你
在最美的词上
坐一坐

在小溪的旁边，绵延着 36 户人家，像 36 颗豆子，圆润安静地住在叫作村庄的豆荚里，开花，坐果，年年如新。

每家门前有院子果树，屋后有竹林柴房，还有一点儿高兴种啥就种啥的田和菜地。各家都会孵一窝鸡，雄鸡负责为全村叫醒天亮，母鸡掌管一家的营养早餐。也许还养只狗，主管小村安全，这一把奔跑的钥匙会妥妥地把虚设的门户上锁。有了这些，就可以过粗茶淡饭的安稳日子了。

孩子们爱在小溪边消磨他们怎么浪费都花不掉的、大把大把闲得发慌的时光，兜鱼、钓虾、翻蟹；女人们爱在小溪边洗衣、淘米，聊个私房话；男人们爱在小溪边清洗农具，挑水浇灌菜地。几块大青石板铺就的溪埠头，就是小村的客堂间，从天微亮到夜半，人间烟火欢欣来去。

年轻人总要到外面去走走，看看一样的人过着怎样不一样的生活。有的喜欢上了别处的繁华，偶尔回来转转，又走了。有的还是想念溪边的繁花，回来继续过从前的日子。反正过的都是自己想要过的生活，小溪不惊不喜、不迎不拒。

好像有小溪的小村，才是眉目如画，才是山清水秀。

好像每一个小村都得有一条这样的小溪，它是小村的气息，也是血脉;它是故乡的包容,也是护佑;它是土地的图腾,也是馈赠……

这世上,山川河流千千万,只有这一条小溪,在我生命里,潺潺不息。

无论身在何处,每天、每夜,我都听见小溪流淌的声音,那么好听,那么好听。

碗莲 陆苏

好句精选

> 时光贵重,不可轻慢,每一寸光阴都要认真地浪费在自己的指间。草木有心,不可辜负,每一片叶子都值得柔情蜜意地以真情相许。

开门一碗莲。

木门,石碗,青莲。还有,抬头即见的天光,忽而相见的雨水,和绿墨般洇在阶前的青苔。

数月前,在门口石碗里新种了莲。

有风没风的,那初来乍到的莲叶就轻罗小扇般摇曳着。不知是不是怨我竹篮小轿地就将它们从三亩莲塘迁到了一个平方的碗居,反正就是不肯开花让我高兴。

如同古代不情不愿被选入宫中的女子,冷着脸偏不肯殿上圣前莞尔一笑，私下里也许赏个花、扑个蝶却笑得花枝乱颤。

纵然三千粉黛，独爱一瓢素绿。我就像个欲罢不能的君王，眼巴巴地苦等心爱的妃子哪天芳心大悦，突然笑出一朵倾城倾国的花来。

青山前，梅树下，眼见得晨光初临，那莲叶清颜素面动人心弦；眼见得阵雨突降，那莲叶发髻凌乱楚楚可怜。

其实，这一碗莲叶也已足够我喜欢，那不着人间一抹脂粉的淡然，那穿了旗袍的美人肩似的古典，那不媚不躁的冷艳，那不逢迎不讨好的自在……

不开花的莲，是始终在路上的莲，总好像有一个美好的前程可以抵达。把花朵藏起的莲，是不慌不忙的莲，如同一首诗早已写好，总会读到最后绽放的那一行。

且舀一勺新酷的糯米酒，把时光灌醉，就着堂前檐下半阕炊烟。

不妨借一把好久不见的二胡，把日子拉长，从容悲欢，肆意缠绵。

时光贵重，不可轻慢，每一寸光阴都要认真地浪费在自己的指间。

草木有心，不可辜负，每一片叶子都值得柔情蜜意地以真情相许。

一碗清欢，也是上天最好的安排。

忽然想念……

与你
在最美的词上
坐一坐

山若萍 | 白音格力

好句精选

> 因为喜欢去联想,所以,我才能看到云来铺路、看到月色里游着一条条的鱼,才能大胆地想象,我要到月亮上去种花。

明代袁宏道写天目山有"七绝",其中一绝写"晓起看云,在绝壑下,白净如绵,奔腾如浪,尽大地作琉璃海,诸山尖出云上若萍",真是叫人向往。

虽未去过天目山,但也在现代人笔下读过一二,不知再有没有人能写天目写得如此之绝。当然不是绝在笔端描绘出一幅云海奇观图,而是绝在浮于云海之上的山尖,竟然可以被描写成"若萍"。

云白如绵,想象一下,一片白,似梦似幻;而云动如浪,这时远远看着眼前座座山尖,它们再如何壮观,在这浮云之上,被云浪涤荡,也恰如一片片的萍。这样的想象真美，也真是绝！

手头这本《袁中郎随笔》在前几年里已差不多读过一遍。近日又拾起再读，所以读到这一句时，其实挺愕然的，因为不记得之前曾在这一句上停顿过。所以说，书要多读几遍才好。而今为"若萍"二字，又几日在其上流连，无数次闭目幻想袁宏道当时在天目山看云时的情景，无数次思量他是如何得此佳句。

虽未果，但我知道，袁宏道一定是久久地对着那一片云海遐思不已。那时，他不急于赶路，不理世事，只一心对一山一云，心静在那里，自然也欢喜在那里。

不匆忙，闲下来，一心一意，也许所有的诗意，都是这样自然而然地生发而出吧。

记得一朋友曾对我说，他觉得自己是个很无趣的人，生活中一是一、二是二，太缺乏想象力，生活很枯燥，被他的好几个朋友批评过，然后问我怎么培养想象力。

我记得我的回答是：一、做一片闲云。他惊愕，继而问怎么做。我如此这般苦口婆心地"教导"了一番，他说做不来，再问我还有别的方法吗，我回说：二、做一个闲看一片云的人。朋友瞠目结舌，随后直接摇头，再问，我再回"做一个被一片闲云看的人"。朋友直接作晕倒状。

其实，我在一开始的回答里，先道明了"一"；就是知道他做不到，我又准备了"二"和"三"。他仍做不到，那就没办法了。

如果没有想象力，这个世界会多么无趣啊。甚至可以说，没有想象力，整个人类的发展将举步维艰。这样想着，我心里充满着感恩。

因为，我们古代那些诗歌，有太多太多是诗人靠着美妙的想象力创作出来的。我大凡一读古诗，常常会惊讶古人想象之绮丽美妙。

写作这么多年，我也对想象力特别看重。曾回头看仅存的少年时期的诗或小文，其中便有虽幼稚但可爱的想象在，很是欣慰。因为那些想象，天真、浪漫，是我成长的血与骨，让我没有迷失，让我还是我。

因为喜欢去联想，所以，我才能看到云来铺路、看到月色里游着一条条的鱼，才能大胆地想象，我要到月亮上去种花。

而这些想象大多来自我的"闲"，让自己不盲从于眼前人潮人海，不拘泥于身外一事一物，如此，才能更好地、专心地做着令自己喜悦的事情。

如今读到袁宏道的"山若萍"，再记录这些，我整个人是欢欣如孩童的。因为我知道，我会一直保持着我那份闲、那份天真、那份想象。

藤画 | 白音格力

好句精选

> 于小院草木一角,藤蔓攀树、攀笼一处闲地,藤为帐,置一木桌、一椅,正是读书好时光。

拍了一秋的爬山虎。也不是特意去寻找,不过是为灿灿的秋阳停下脚步,随时偶遇。

更非为了拍照,仅仅是喜欢这秋日里从绿到红到黄的爬藤。常常,我只是坐在一边。有墙,会倚一会儿;阳光打在身上,暖暖的。闭着眼,什么也想,什么也不想。

一直喜欢爬藤,觉得它们像记忆、像往事。

峥嵘时,你是控制不住的,一个劲地爬着、绿着,要占满所有的空间。你要去寻时,它们又都黄了、枯了,只留下张牙舞爪的藤条,

与你
在最美的词上
坐一坐

凑近看，藤条上还有小脚，牢牢抓着附着物。

这多像那些绿过、枯过的记忆。

爬山虎似乎总是长在僻静处，静享小年似的，不知人间愁滋味。我在城市人潮人海之外的小巷子的墙上见过，在远山的石壁上见过，在这个城市殖民地时期遗留下的老建筑上见过，在农家土墙石墙上见过。

它们总是不受惊扰似的，孤雨来时，生几分凉意；淡月落时，增几分清辉。每每在一墙一坡爬藤前坐下时，总会感觉它们也爬满我的身体。

长天依片鸟，远树入孤烟。人生若片羽，走一段山里清光，看一株爬藤逸逸洒洒，总是能让人平和几分。

对爬藤最深的感悟，便是：爬藤是行走的颜料。春风起时绿走笔，秋风来后红染画。笔意萦绕，曲曲折折，与云墙、鸟影，与草色、风声，总能绘一幅美妙的画卷。

还透着芳香，风轻轻一摇，那香就流动起来。爬藤有着一身流动的韵。

爬藤有艺之老境，越是经风霜，越是浑厚、醇香。它像个老者，长须临风，双目秋水，一身披雪，于一角画檐下、一坡枯草笺上，翰逸神飞施施然，一线绵延有跌宕，一彩焕然有精神；神融笔畅洒洒然，写一笔，笔锋颖脱，流一韵，气韵萧疏。

我写过萝月，即藤萝间落下的月色。但在现实中，能真正享受到萝月之美，不是易事。所居之地，得有藤，年复一年地由日光来养，由月光来访，才可体会一番，才能赏得了那藤月自娟娟的美。

对爬藤另一个特别美的意象，便是与书有关。初看藤与书，是不着边际的事物，正是因此，所以那时读到唐代上官昭容那一句"书引藤为架，人将薛作衣"，便惊讶起来，继而惊羡不已。我现在静坐细想，我写的《闲掌深山万卷书》，一气呵成时，自己也禁不住把玩，却一定是因为内心里曾有过这么一个书架，引藤而成，散散漫漫，古拙可喜。

张籍也有一句颇引人遐思的诗句，"藤悬读书帐"。于小院草木一角，藤蔓攀树，攀笼一处闲地，藤为帐，置一木桌、一椅，正是读书好时光。

有没有可能，我们每个人都在古代活过一回？此生所向往之事，皆是有如爬藤一样坚贞的信念攀于心墙之上。会吗？会的。我应该是有一个山居之地的。借张籍诗句，改作两行，算是天真的幻想，送给很远很远的从前吧：每忆旧山居，藤蔓上墨图。

藤从春到夏到秋到冬，一直在作画。想想，人生是有画意的。

与你
在最美的词上
坐一坐

  人一生的行路，一开始热热闹闹，熙熙攘攘，越走人越少，你身边开始多起了荒烟。当渐渐往岁月深处走，当你在很深的地方，看到一墙一坡的爬藤时，你突然发呆，突然会发现：只剩下你一个人了。

  最幸福的是，这时你还有一只可牵的手，一双陪你看爬藤、依然清澈的眼睛。看藤风扶芳接画檐，上面引一泓清流，通一条幽径，搭了篱笆，置了书架，缭绕了云，古朴宁谧，风物潇洒。

| 书签 | 秦淮桑

好句精选

数日后,信件抵达友人手中,他亦惊奇于花穗的素简小美,说要夹于书中。这样,花便能在书页上开出影影绰绰的美丽。

种芦荟的瓷盅里,不知几时长出一株小草,看起来弱不禁风,偏偏又透着一股倔强,让人不忍心将它拔除。且留着吧,与芦荟挤在一处,倒也显得热闹。

我有时无聊,趴在窗台上看它细长细长的叶子在风中袅娜舞动,会联想到以柔美轻逸取胜的《惊鸿舞》,"南国有佳人,轻盈绿腰舞。华筵九秋暮,飞袂拂云雨。翩如兰苕翠,婉如游龙举……"草叶长舒翠袖,迎风招展,虽不比美人惊艳,亦属清新可人。

没想到它会开花。瘦瘦的长穗,上面粘着数十粒青白色的小小花

与你
在最美的词上
坐一坐

儿,样子普通极了,和"娟媚""韶秀""嫣然""明艳"之类的形容词完全不沾边,一点儿也不引人注意。我想,它是长成了自己喜欢的样子。它不爱调脂弄粉,也不爱招蜂引蝶,只想简单朴素,同乡野女子一般,过清平日子,得些人世温暖照拂,便已心满意足。

我剪下几枝花穗,插在一只长颈黑陶瓷瓶里,竟然意想不到的好看,因它有一份素净与矜持,是我往常簪于瓶中的榴花、石竹所不及的。恰逢那日写信,便挑了一枝放在信封里。数日后,信件抵达友人手中,他亦惊奇于花穗的素简小美,说要夹于书中,这样,花便能在书页上开出影影绰绰的美丽。

周末坐车去老商埠,然后穿过寸金公园清凉的树荫及稠密的蝉鸣,去童悦书斋,路上有紫薇花瓣落在肩头,也不去拂开,只是走着走着,它自己便掉了,悄然而来,默然而去,没有一声告别,正是缤纷人世的无惊无扰。

书斋在二楼,低头从楼梯上去,有人抱了几本书下来,狭路相逢,我停下,侧身让她过。屋里一排排书架分门别类摆着各样书籍,我惯常喜欢走到文学类书架前面,挑一两本,粗略翻看,留在手里,或者放回原处。

这次只选了一本周梦蝶的诗集,随后拿了两张竹片书签,在手中细细赏看，那竹片上面贴着一株开花的草，花叶乃拼凑而成，并非出自同一种植物，且俱已干枯，难得干花仍留有鲜美颜色：红的娇艳，粉的清妍，黄的明媚，紫的幽雅……开在纹理清明的竹片上头，真有种生动照人的美。

竹片书签夹在书里，稍嫌厚些，于薄薄的书页并不十分相宜，我只觉得它们适合摆在案头做装饰。

一次回家，见母亲养了三只大白鹅。许是怕生的缘故，它们见了我便远远躲开，不像寻常人家的鹅一般野蛮，每每引吭向人，似乎有一种傲气。

我那时想要两根鹅羽做书签，一根用黄姜染色，一根用指甲花染色，晾干了好夹在喜欢的书里头。每翻开来，可见鹅羽鲜明，赏心悦目，必然可添几分读书乐趣。

后来，果然在石堆旁边的乱草丛中捡得一根鹅羽，是我梦中缓缓飘落的大雪的颜色，那么素白干净，那么美，何必费心再染其他颜色？洗净晾干了，夹在《清嘉录》的某一页。鹅羽衬着竖版繁体字，古意盎然，有久远的隽永的味道。

我的南方小城没有银杏树。我未曾见过银杏叶如何被秋风抹杀绿意，又如何被时间镀上金色。天寒瑟瑟的时候，我那么迫切地想要一

与你
在最美的词上
坐一坐

枚银杏叶做书签,像幼年时闹着想要一颗薄荷糖。

终于得到,满心欢喜。一叶叶颜色黄净,没有破损,叶子裙边起伏,优美柔和。知道那人认真选过,捎来给我的自是一份珍贵情意,是该珍重于心的,哪怕日后银杏叶憔悴黯然,不复当年流金般灿烂。

总喜欢翻开的每一本书里,都有一枚特别的书签。

老街 秦淮桑

好句精选

> 斜阳的余晖打在人家门前,一寸一寸落得那么慢。我收了伞,穿过人声扰攘的老旧街巷,回到客栈,却也不急着上楼,而是站在茉莉旁边,看对面屋檐下的老婆婆穿针引线绣着茶杯垫。

客栈隐藏在回龙阁古街的巷子里。我一路寻来,只觉它藏得太深。但当我瞧见客栈台阶右侧的植物,心里真是喜欢。吊兰、铜钱草、小花栀子,还有茉莉,彼此葱郁相安,无惊无扰。

栀子早已过了花期。茉莉素素仍在开着,寥寥几朵,朵朵玲珑玉净,如冰雪样清白。拾级而上,能感觉到花香蹑手蹑脚扯着你衣摆,跟在身后,像个黏人的小丫头。

领了钥匙回房,简单梳洗一番,换上棉麻白衣雪纺裙,裙摆长及脚踝,又因轻盈而生翩然,如水动涟漪,似风摆荷叶,格外有种幽静逸然的美。转身出门闲逛，虽说沱江边街巷纵横，倒也不担心回来时找不到住的地方。

离客栈不远，有一家可以代寄明信片的小店。

我进去选得一张，凝思片刻，写下"山河岁月，寂静清欢"，寄给岁月，也寄给你。山河未改，岁月悠悠，而我眉间清欢，如花开一朵，散发着幽素的芬芳……

因不甚留意，对店的名字始终没有印象，但记得那挂了蜡染帘子的木格窗前，摆着一只典雅的豇豆红釉瓷瓶，瓶里插着莲蓬数枝，自然都是枯干的，有些莲蓬里面还嵌着莲子，坚实饱满的一粒粒，若取出泡在水里，定然还能生根发芽。

王祥夫文章里说："有人买莲蓬是为了喝酒，有人买莲蓬是为了看，把莲蓬慢慢放干了，干到颜色枯槁一如老沉香，插在瓶里比花耐看。"

莲蓬插瓶，古雅有韵，自不待言。但我想，如果是鲜莲蓬配豇豆红釉会可爱许多吧，虽说红配绿总免不了一个"俗"字，可这"俗"自有世俗的热闹与美意。

试想，翡翠绿玉，衬着窗前的美人醉釉，该是何等鲜明活泼，把老房子的沉郁也照亮了一样。

豇豆红釉，是淡著胭脂匀注的美人，于暮春三月小亭前饮了桃花酿，经风一吹，脸上那抹嫣然柔媚的红。所以，豇豆红釉又称"美人醉釉"。美人醉，美人醉，这样的名字多么旖旎生香，轻轻念着，气流从唇齿间溢出，人便也醉了。

后经过蜡染馆，被那温雅沉静的气息所迷，在里面待了半个小时。

蓝底白花的布料，或裁为挂帘，或缝作衣裙，或糊在竹骨上面做一把折扇——折扇凉风，于这悠闲散漫的光阴如此相宜。

堂前木桌上，铺着一张白棉布，有眉目朗然的男子用笔在布匹上面细细绘出流畅线条，线条勾勒成画，是一个跣足的苗家少女，跪坐在草地上，伸出双手，举到和眼睛一样的高度，似乎小心翼翼地捧着什么。比如幽静月光，比如清凉晨露，还有细润野花香，或是世间其他干净美好的事物。少女嘴角上扬，双目紧闭，长睫毛微微翘起，似蝴蝶翕动的双翅。

"好生动呢。"我忍不住赞叹。

他笑，"还要用蜡刀蘸蜡再描一遍，然后放入靛缸浸染，最后煮沸布料，洗去浮蜡才成。"顿了顿，又说，"浸染的过程中，蜡会出现一些碎裂，染料渗入裂纹，所画图案就会呈现出冰纹效果，这是蜡染的独特之处。"

与你
在最美的词上
坐一坐

　　我抚过花色素雅的蜡染品，不知怎么竟想起瓷器里的冰裂纹来，同样是碎而不裂，一温软，一冰凉，但都是我喜欢的。

　　斜阳的余晖打在人家门前，一寸一寸落得那么慢。

　　我收了伞，穿过人声扰攘的老旧街巷，回到客栈，却也不急着上楼，而是站在茉莉旁边，看对面屋檐下的老婆婆穿针引线绣着茶杯垫。花鸟虫鱼在老婆婆手法娴熟的绣里鲜活明艳起来。

　　而我只是静静看着，不去打扰，生怕自己一出声，便惊了牡丹花枝上那只敛翅闲眠的蝶。

画意 秦淮桑

好句精选

而我只想牵着你的手,沿幽曲小径,静静地走一段路,一直走到草薰风暖,燕子回翼;走到落花如梦,翠色和烟老;还走到"欸乃"一声,小船过了扬州桥。我想和你从世俗生活一直走到画里,再从画里回到俗世烟火。

偶然翻开民国课本,看到《我的住家》一篇,便觉有清冽恬静的气息扑面而来,如雨后般清新,如山风般温软,令人豁然开朗。

我的住家,住在山下。前门种树,年年开花。后门种竹,枝枝粗大。屋左有田,种豆种瓜。屋右有池,养鱼养虾。日出工作,日没回家。一家大小,快乐无涯。

句句活泼明快,朗朗上口,充满意趣,且又朴素自然,不事雕琢,比一味镂彩错金的堆砌更胜十分。寥寥数语,读来平白深致,令人意犹未尽,也令人感动,为这醇厚馨香如同农家酒酿的文字。

与你
在最美的词上
坐一坐

古人云"诗中有画,画中有诗",诚然。

读此诗易使人想到吴冠中的画:小桥流水人家,烟柳垂钓落花。江南风物,烟水迷离。删繁,惜墨,用笔至简,留白极静。你以为他什么都说尽了,实则他未着一字。你所感受到的,意与韵,都在你心里。静也在你心里。

那种静,是云也歇了,风也定了,檐外淫雨霏霏,细如绣花针,一针、一针又一针,在小窗边绣了芭蕉瘦竹,在石墩上绣了幽绿绵软的苔,在河水里绣了白鹅和绿头鸭……

而我只想牵着你的手,沿幽曲小径,静静地走一段路,一直走到草薰风暖,燕子回巢;走到落花如梦,翠色和烟老;还走到"欸乃"一声,小船过了扬州桥。

我想和你从世俗生活一直走到画里,再从画里回到俗世烟火。

山河岁月,寂静清欢。

不管不管,不管今日何日兮,芳草萋萋。

我听王次恒的《虞美人》,总觉得委曲、幽邈。笛子音色,有竹木之风流荡其间,因此格外冷然清隽;虽不比古琴孤绝,不比二胡幽怨,也不比洞箫深永,难得的是,它兼有画的意味。

我仿佛听见,垓下一战,四面楚歌声,项羽大势已去。营中一随从姬妾红衣灼灼,且歌且舞,且悲且泣,幽幽唱道"大王意气尽,贱妾何聊生",哀断幽艳,自刎于项羽身前,剑堕地,有铮铮金石之声,令人唏嘘不已。

传闻那名姬妾倒下的地方长满了虞美人草,春夏开花,如火如荼,极致烂漫而妖娆。遗憾未曾见。如今却于一支曲里,窥得它顽艳凛然的样子,当真是:欢欣有之,悲叹有之。

常常单曲循环,读书、写字、发呆,身旁笛音缭绕,不绝如缕,如怨如慕,如泣如诉,将人带入画意萧然之境。月上柳梢时,歇了笔,案头纸笺不知为何染了虞美人开过后的幽寂之色,摸上去,微微有些凉。

我曾想过要学一种乐器——埙或者笛子,露水上来的时候,推门出去,站在栏杆边上吹奏,心里怀着深情和美好,让花和月来做我的知音,丝毫不苦于无人能懂。曲终,云影悠然,微风不散。小院红山茶砰然落了一朵,又拆了一朵;含苞的几粒,犹在睡梦中,花萼紧紧裹着一点殷红,姗然可爱。

海棠 | 秦淮桑

好句精选

> 我记得那时的云和天，我记得那时的风很凉，我记得那时青草漠漠无人放纸鸢，我记得那时桥边初见……

有些字，一落笔，心就会变得柔软，像"记得桥边初见"，不知有多少风光旖旎在里面。我记得那时的云和天，我记得那时的风很凉，我记得那时青草漠漠无人放纸鸢，我记得那时桥边初见……

初见垂丝海棠，并不十分惊艳，一则它的枝干清癯落拓，无纷繁花影，使人恍然堕入梦里；二则它的花轻巧淡薄，无袭人香气，醺人欲醉。只是相见无言，像彼此熟知了许多年，一时安静，倒也不觉得尴尬。

我来，心间藏着小欢喜，小小的，云一样轻，风一样淡。逆光看花,花瓣薄而透明,晕着浅浅的粉,是个淡妆美人,刚刚跳过霓裳羽衣舞呢,衣裳明显有些乱,钗钿遗落在哪里了也不知。风若拾得,可否送来花住处?

花住在小桥边,桥下水流琤琮,堪比环珮叮当,时时悠扬宁和,宽慰光阴。隔岸有柳,柳条婀娜,摇漾春如线,偏衬得海棠清丽婉约,有不动声色的明媚鲜妍,令人低徊。

花儿笑得很好,稍一偏头,嘴角一弯,把头上戴了流苏步摇的女子都比了下去。我给花拍照,也是逆光,画面有种醉态的美,微微醺然,而又绝不至于红香散乱。不,垂丝海棠是没有香气的。

张爱玲孤绝一生,犹有三大恨事:"一恨鲥鱼多刺,二恨海棠无香,三恨红楼未完"。鲥鱼想必鲜美,可惜多刺,须得有耐心,一根一根挑尽,才敢入口。红楼未完多少令人怅惘,遗憾猜不透先生安排的结局。唯独庆幸海棠无香,浓的淡的香味一丝儿也不染,一身素雅,月白风清就已经很好,不必花费心思乱人心智。

素来喜欢亲近无香的花儿,大抵觉着它质朴、本色,像我所喜爱的女子,不矫揉,不凛冽,无论含苞还是半拆,无论俯首还是凝眸,都是自然流露,柔软清和。

阳光穿过花叶枝丫,轻轻覆上眉睫,暖,而温软。不由得闭上眼睛,痴想。若得一场廉纤雨,姗姗然随风飘落,略有些清寒,润湿裙摆和布鞋,人依旧怀了浅喜心情,踏上一座桥,穿过野草铺的路,拂开柳条帘儿,去看花,"海棠不惜胭脂色,独立蒙蒙细雨中",该是何等意境:清水、涟漪、烟光、草色、柳梢青、行人远、细雨茸茸、海棠不惜……

海棠不惜,想想便觉得深情美好。

川端康成写,"凌晨四点钟,发现海棠花未眠"。一个人住在旅馆,天不亮就醒来,原是有些落寞的,但好在海棠花未眠,一两枝,四五朵,坐在清水瓶中,在小窗侧畔,在纸和笔旁边,静静的,想自己的心事,不去吵你。人生此际,遇花未眠,何尝不是一件赏心事?

而我更愿意相信不是花未眠,是花儿醒早了。凌晨四点钟,或者更早一点儿,海棠花便已睡足,初初醒来,那一刻的花儿,必然比往时恬淡、率真、迷人。如果我也可以早早醒来,或许来得及赶去,看它临水梳妆,取些脂粉,兑水化开,晕在脸上,那温婉明净的模样。

不知旧时的女孩儿,会不会在头上戴海棠花:三两朵,清美颜色,随意别于鬓发,走过山河岁月,走过小桥流水,走过素年和锦时,去看她的心上人。

樱花乱 秦淮桑

好句精选

> 这一树缤纷,那一树繁盛,让人简直不知要从哪枝花下穿过,才能找到出路。因为每一枝都那么美啊,牵衣欲醉。

日本俳句里的樱花有种纤柔之美,仿佛入了俳人的髓。

"伽蓝正是落花时,落下门闩僧人去",很简约的句子,意境当然不及唐宋诗词,读来却也觉得好。好在哪里?好在僧人去后的无限远意。

远意不可说,一说便俗。

汪曾祺认为,樱花无姿态,"花形也平常,不耐细看,但是当得一个'盛'字"。二月草薰风暖,满树怀春,花拆百百千千的盛况,好似待嫁的女孩儿,顾盼生姿。目不暇接,你看哪一朵好呢?哪一朵

与你
在最美的词上
坐一坐

都那么烂漫、那么天真、那么软软的，惹人喜爱。

看樱花的路，是不宜回头的，因为，要留一些余味在心底。

樱花余味淡薄，耐不住一看再看。

初见樱，是在石门森林公园。

那时，南宁正在修地铁，去时堵车，天上下着小雨，很细很细的雨丝儿，沾衣不湿，落在手上像触着了花蕊，早春微寒依然清晰可辨。

野山樱长满了山，落花叠叠重重，偎依着嫩青的草芽儿，颜色比绯红要轻俏些，沾着雨，更是风致楚楚，恍然如梦。

看花人络绎不绝，被春天安排在一场细雨里，与花相逢。

世人看花，花也看人，有人静默，有人沉醉，有人匆忙，有人从容。

但无论如何，花时偷闲，赴花宴，总是欢喜事吧。

花看人，也会有欢喜流露吗？

戊戌年春，穿过杭州花圃去植物园的路上，也曾见樱。那种樱，是叫作染井吉野吗？很特别的名字。

花大开的时候，你几乎以为自己要迷路。

这一树缤纷，那一树繁盛，让人简直不知要从哪枝花下穿过，才能找到出路。因为每一枝都那么美啊，牵衣欲醉。

染井吉野花苞略红，花却是白的，带一点点粉，开到后来，粉旧了,也淡了,只剩下白,远远望去,满树繁花堆雪,雪花瓣子飘飘悠悠落啊落,那种姿态,真是清美难言。

樱花最美的时候,不在含苞顾盼,不在俯仰生姿,而在落花。

落英缤纷,不告而别,看得人心里忽然空了一样,不知说什么好,只是静静走在这场花事里,如同走在一帧帧静美的电影画面中。

老院子
秦淮桑

好句精选

总有那么一些时候,人语低低,时光漫漫,咖啡的浓香散逸在空气里,稠而浓密。

那天去买一盒明信片,路过"老院子"咖啡屋,看见牌匾上墨色秀逸的三个字,心忽然怔了一下,仿佛被一些温软的时光胶着了一样,说不出话来。

只静静站在门外,看一座小院红砖灰瓦,自有一份静敛自持的气息,缠啊缠,绕啊绕,爬上木板老旧的门,像秋后一株枯瘦的藤,那么娴静、古朴,又苍然。

窗台上空着一排水绿色的玻璃酒瓶,什么也不装,也不插花,也不养鱼,只随意地摆放在那里,待得酒味儿慢慢散尽,染得红尘微醺,风也微微醺然了,人还迷蒙着一双眼,看空的酒瓶,映着红的砖墙、木的窗,真是美啊,也不用雕琢,也无须镂刻,沉静的美已是直抵人心。

仿佛那不是一扇窗,不是一排闲置的物件,而是一卷画,三笔两笔轻描淡写,勾勒出清朗朗的意境,直看得人心里潺潺流过一些词,比如"素常",比如"清简",比如"质朴",温润美丽,用来形容眼之所见、心之所喜,是如此贴切,如此安怡人心。

若是下雨天,雨水顺着窗檐滴下来,叮叮咚咚落入瓶中,舒舒缓缓流过耳畔,声音一定清清美美,空灵耐听。

瓶中水隔天可以拿去浇花,浇给墙脚向暖生长的指甲花和素心茉莉,它们喝饱了水,一定掌不住花枝轻颤跳起舞来,只因为这清清凉凉的每一滴都是檐下雨韵啊,明澈澈的珠儿不紧不慢地落,那么悠悠,悠悠而婉转空明,飘逸出世间乐器无法演奏的灵美。

只不知,雨水渐微那时,是不是刚好有人收了伞,推门进来,坐在临窗的位置,点一杯手磨咖啡,加少量的糖,听听雨,翻翻心事,闲闲地消磨一个下午。

也不知,"老院子"是谁取的名字,这样温暖,且带有一点儿简单的旧味,素朴沉静,容易使人想起从前的旧屋,阿婆住着,低矮的房子,有小院,有天井,门的两侧守着秦琼和尉迟恭。

阿婆着青灰色布衣，素如止水。她梳发，是用一把桃木梳，长长梳下来，手指捋过霜白的发，绾结成髻，再簪一支银钗子，站在水盆边上照一照，也是神情柔和，眉眼带笑意。

等到锅里的粥煮开，不疾不徐起一串"咕嘟咕嘟"的清响，她转身，去炉前揭开锅盖，再添一把柴火，从容平淡的样子，如在眼前。

那是一九九几年，我尚在年幼的时候，喜欢在院子里跑来跑去，没人管，得意极了，整天在脑子里装满奇奇怪怪的想法，像"屋顶为什么要装一面透明玻璃？""下雨的时候天井里会游着鱼吗？""玩过家家，我能不能摘芒果树叶做菜？""咦，屋檐下的蜘蛛网结了多少天了？不见蜘蛛，它是不是一时贪玩忘了回来？"……

始终没有人回答我这些幼稚的问题。便是如今，遥遥记起一些模糊的章节，也只是一笑，不再需要答案了。有些事情放在心里，偶尔翻阅，亦觉有趣。

也深信，砖瓦屋、老院子、旧光阴，皆是内心深处不能泯灭的情结。当我在他乡遇到红砖灰瓦的老院子，停下了不走，终于知道这份熟知与感动从何而来。从何而来呢？这份情结——它是来自我年幼时不完全的印象，来自我内心深处根植的欢喜。

"老院子，慢时光"，是这间咖啡屋的主题吧？不急不躁，时间自会慢慢老。总有那么一些时候，人语低低，时光漫漫，咖啡的浓香散逸在空气里，稠而浓密。也有那么一些时候，老旧唱机放着遥远而温醇的乐曲，店家端来一杯咖啡，眉眼一低，嘴角笑意一清扬，照得光阴明如水，多像电影里的一些慢镜头，又温馨又美好。

如此闲适安暖，惹人眷念。

但我，终究还是没有走进小院来。回去的路上问自己：遗憾吗？不，一点儿也不遗憾。细算来，不喝咖啡已有六年之久，我自不会携了一份闲情，便要重拾冷落已久的味道。

对于咖啡，向来不肯热衷，又是那样浑浊的颜色、那样焦躁的味道，会心之处，实在不如一杯茶。

纵是老院子有令人留恋的韵味，总不如回到自己半新不旧的屋子，煮开一壶水，抛进茉莉花，低眉看六七朵花儿在水里绽开，清清白白，芳香幽淡。

人就坐在花茶香气簇拥的空气里，写明信片："你是不是也曾路过一家老院子，闻到浓郁的咖啡香，而你，忽然无比想念一杯茶……"

与你
在最美的词上
坐一坐

荷初 |秦淮桑

好句精选

> 荷生绿，花初妍，水风清，涟漪静，白鸟惊飞，竹影空翠，湿人衣。单单是"荷初"二字，已生无限美好。

天蓝如染，云团如织。日子清亮而新鲜，早起，才能赚足一天中最为柔软、静谧的好时光。

"去看荷吧。"

"好啊。"

这样平淡如水的叙述，不是蜜糖，不是佳酿，却又彼此了然，纵是简单的字句，亦有深情在。

时值孟夏，草木欣欣，树荫浓得发稠，真是随手一掬一捧幽凉。自有风，从枝与叶的间隙来，从草木画卷的留白处来，轻轻软软拂人一身，忽然就感觉无比惬意，仿佛自己亦是一株草木，在夏天，拔节生长，沐浴阳光，畅饮雨露，一心只知向美而生，不知悲伤惆怅。

荷叶出水很高，"有风既作飘摇之态，无风亦呈袅娜之姿"。幽幽绿绿，不蔓不枝，却看得人满心满眼，俱是清凉意。

植物的叶子，千姿百态，说到风雅，要数荷叶。周邦彦有一首词写道："叶上初阳干宿雨，水面清圆，一一风荷举。"雨霁，初晴，阳光柔和温软，晒干荷叶上的水珠，清风徐来，微微掀动了荷叶，多像南国女子跳着《江南可采莲》时手中翩然舞动的绿扇子。

偶或风止，荷叶随之静立水面，那样柔柔款款的婉约，却令人联想到江南女子擎在手中的油纸伞，茎作柄，脉络当骨，叶为伞盖，上面画些花香，画些鸟语，还画几行垂柳和一些竹枝子，疏疏几笔，已有悠逸之趣。

池塘深处，有花初开，一朵鲜妍，依于绿荷裙下，清雅可人。

看花与叶，素美相宜，忽想到"荷初"二字。在我心里，"荷初"比"初荷"要多些深远的意味。

夏月的池塘，荡着幽绿，绿上面缀轻粉，真是明艳可爱，引人流连，如果要给它取个名字，就叫作"荷初"吧。

荷生绿，花初妍，水风清，涟漪静，白鸟惊飞，竹影空翠，湿人衣。单单是"荷初"二字，已生无限美好。一念起，都是静，都是净，如同鸟鸣山涧隔水来听；仰起头，恰巧碰见一滴青翠落入眼眸；步入山径，有野藤牵衣；去看荷，发现荷叶上滴溜溜滚着两三粒晨露，静生澹淡，净无杂尘。

人在水边走，浅草青青，没过脚踝。远远看见岸边立着一只白鸟，未及走近，它便扑棱着翅翼飞起，落在荷塘的另一边。那是一种俊美的水鸟，以鱼为食，与世无争，只可远观，不可亵玩。

洛夫诗里曾写："侧脸乍见一把花伞搁在石凳上／伞后的骚动／惊起池中的一只水鸟／天／便如此暗了下来／夕阳尚温……"

那只水鸟，是蘸着夕阳的余温，飞入洛夫诗里去的。你读到的时候，书页微微泛黄，荷塘与荷皆已萎成潇潇秋色。

从竹荫小径穿过，有日影一群，鹿般跳跃，斑斑，在衣，在眉，在眼，淘气归淘气，却也还有几分可爱。

疲于走路时，坐下歇息，忽觉心如泉眼，汪着一痕绿、一痕漪、一痕清清喜，清清里还可照见云缕，照见空翠，照见温柔的风，照见白鸟和日色，照见荷，荷初出水，便已成画。

想起从前在广西，杨梅熟时，有人摘了来，铺在荷叶上卖，红红绿绿，鲜明得紧。

那杨梅是小杨梅，鲜艳且清酸，一咬一口山野气，可我喜欢。尤其站在树荫下，看那竹匾上两三片大圆荷叶让日头晒得微微皱了边，却依然生动照眼，让人欢喜。

吃过杨梅，要去看荷，荷未开，叶已亭亭。

与你
在最美的词上
坐一坐

日常 冯炜莹

好句精选

> 我想开一间茶馆。古朴的色调，温静的摆设。屋檐可挂明月，窗棂可含烟雨，启户樱吹雪，闭门白露至。养几盆绿萝，修几排篱笆，种几棵小茱，卷写几幅诗词古韵，画尽山水寂然。

清早，取一尊瓷瓶，接一些雨露，剪几枝茉莉，与人对坐插花。翻开一本《诗经》，闻萋萋蒹葭，折几枝芦苇，画下湖面的波澜。而后坐下绣几朵并蒂莲，鸟鸣声两三，午倦了还有一方藤枕。误入荷香深处，少女提裙不回头，一直走到一肩半月、两掌秋水。

如此日常，写在词里，念在心里，枕在梦里，有遥远的美。

读欧阳修的《采桑子》："残霞夕照西湖好，花坞苹汀。十顷波平，野岸无人舟自横。西南月上浮云散，轩槛凉生。莲芰香清，水面风来酒面醒。"

似是缓缓与人叙了一回旧。同古人做伴，信步花坞，清溪行舟，看莲子落，赏月白风清，举樱花白的杯盏，饮清风而醉。

倘若一生都可如此，夫复何求哉！

偶尔会有计划地出逃，送自己一个短期旅行。

行程里，每日每夜，无论雨后，还是晴朗的天，都喜欢出门散步。钢琴声沿着小道走向我，我会途经一院又一院的玫瑰丛，等着它们乘着春天给我捎一帕香气绵密的白绢。吹着海风骑行，想一想心里的事。张望幽幽深深的长廊，企图见着轻扫落花的女子、淡然吹箫的男子、当垆煮酒的夫妻。

想起书上的一句话："雨后风起，赏荷散步，一个人沿着荷池走了很久。待夜渐渐深了，人缓缓散去，风习习吹起，寻了一处凉亭，面朝荷花，迎香坐下，心里仿佛完成了一首诗。"

如诗的日常，我想做那一枚小小的韵脚，念起或沉默，皆有山衔月、雪初霁的好。

"喝茶，看书，发呆，晒太阳"。这是一家店的名字。

简约婉转，清润恬淡。

一生的好时光，就是最最寻常的日子，做一些惬意小事。

我想开一间茶馆。古朴的色调，温静的摆设。屋檐可挂明月，窗

与你
在最美的词上
坐一坐

  棂可含烟雨，启户樱吹雪，闭门白露至。养几盆绿萝，修几排篱笆，种几棵小菜，誊写几幅诗词古韵，画尽山水寂然。

  我则袖口染香，洗净茶叶，为你煮一段光阴。我会眉目含情，为你香肌瘦几分、缕带宽三寸。

  如今的时代，人们时常忙碌，偶尔迷茫，没有诗酒趁年华。请来到我的茶馆吧，午后为你读诗，夜晚听你说事，慢慢涤去眼中的浮华。

  我愿用我一生最美的日常，换来你一世牵肠的故事。

初雪 冯炜莹

好句精选

> 我要在初雪天，独行入王冕的《墨梅图》里，成为雪里晕开的几枝梅骨，或宣纸右上角题下的墨梅诗——我要把梦与世间，染上初雪的洁净与无争，于是我在这里等初雪来，来赴一生的约。

下雪了，你捎来信笺。

未启时，隐约一枝白梅的香。展了信，屋内刹那素白。

来不及飞羽觞醉月，来不及开琼筵坐花，来不及到湖畔看涟漪，更来不及听半妆箫，那雪突然就来赴约了。

初雪总是让人欢喜，宛若金风玉露相逢，宛若惊鸿一瞥，命中人初相见。初雪，胜却人间无数。在我心里，苏州的初雪，非真的雪。

五月，槐花恰恰好，一边香，一边落。深深一寸，软似雪，白似雪。掌心接下花瓣，想着这一枚该是笙月词，那一枚该是花影词；听落花簌簌的声音,寻思是谁在翻开古书来读。

是否是读到了明人张岱的《湖心亭看雪》:"崇祯五年十二月,余住西湖。大雪三日,湖中人鸟声俱绝。是日更定矣,余拏一小舟,拥毳衣炉火,独往湖心亭看雪。雾凇沆砀,天与云与山与水,上下一白。湖上影子,惟长堤一痕、湖心亭一点,与余舟一芥、舟中人两三粒而已。"

一帧白描铺开,两笔三点墨是小舟、茶碗、书卷,留白是雪。苍苍茫茫间,只余两三同道人,晚来同饮一杯雪。

素颜如雪,心无杂质,仿佛赏了一夜的雪,已走过十余段锦时素年。

友人寄来一件衣衫。

月牙白,棉麻质地,衣襟下绣着一枝红梅。

人间缤纷都销声匿迹了,就剩下了这一枝梅与周遭的白雪。

山南山北雪晴,千里万里月明,说的,就是这天地一色、一望无际、柔亮的白吧。

白雪,会叫人想到暮年。素,却不寡淡;纯,却不无知。暮年的人,少了几分绚丽,多了些许沉稳与淡雅,删繁就简,隐了狂念。

初雪不同于深冬的雪。

深冬的雪狂暴、肆虐,是躁怒的雄狮。初雪则不轻不重,打在瓦片上,像诗的韵律;悬在屋檐上,像一枝小茉莉;滑过脸颊,像夫君为妻子描眉。

所以，林风眠的仕女图，其实是在画初雪仙子吧。

白衣女子坐在堂中，三千青丝绾起，眉眼细细，朱唇一点，抚琴凝神各种姿态，同样不惊不扰、不悲不喜。

同样无声却有色地诠释着，什么是素，什么是静——

什么，是初雪的美。

初雪夜归来的人不急着躲进屋里被褥里，他缓缓捧回一枝雪梅，拍落身上的残雪，搁在银碗，生一炉火，以雪水煮沸一壶茶，诵读一阕关于初雪的词，画一幅冬雪图。

初雪便是如此，落了满身满面，也不觉得狼狈。

爱看初雪的人，定有初雪的清雅。

我要在初雪天，独行入王冕的《墨梅图》里，成为雪里晕开的几枝梅骨，或宣纸右上角题下的墨梅诗——我要把梦与世间，染上初雪的洁净与无争，于是我在这里等初雪来，来赴一生的约。

与你
在最美的词上
坐一坐

初春 冯炜莹

好句精选

> 初春是新：春日消了冬雪，于是情怀褪去雪的迷茫，换上春的清脆；万物换下厚旧裳，换上薄衣衫。初春是美：不施粉黛，不画眉，不抹唇色，单簪一朵花，百媚相悦生。

就像是一封情书，从遥远的地方寄过来，带着二三月柔和的风，带着二三月桃色的香，带着二三月梨花的白。

初春，可以让人联想到最初最美的事物，扫开残雪簪花饮，踏青寻幽喜鹊鸣。

初春，雪还未完全化掉，桃花却已争相含苞。任人不知是雪上开花，还是花盏盛雪；也不知嗅到的气息是花的温软，还是雪的清冽。

初春，春水尚瘦，繁花乍惊，生命都在抽枝发芽。推开一扇窗户，鸟儿捎来春天的邀请函，柳条揉皱春天的幽居事，苔痕上阶绿，草色入帘青。初春的景是清幽幽的古意，如同江南水上的小舟，寻着觅着，行到百花深处去；如同不知名的巷子落了烟雨，被她提着素白的裙摆轻轻走过；如同雾青色的山坡种了桃花，有一双人早早地相逢。

初春日光浅淡，家中老人对窗作画练字。煮了茶立在一旁，看他笔锋苍劲里，鸿鹄低旋，竹篙高洁，灯笼挂起。每一页字画都有生命，甚至可以听闻那清凌凌的水声。

冷寂了一整个冬的屋子，日日盼春归来。于是约上友人一起，去折了几枝桃花枝，又去花市挑了几尊瓷瓶，就把初春养在了家里。一年到头，最热闹的时光是春，最静谧的时光也是春——闹在外，静在心。养几枝春意在身边，宛如一阕温静的春词，内里都是春江水暖燕归巢。

初春是新：春日消了冬雪，于是情怀褪去雪的迷茫，换上春的清脆；万物换下厚旧裳，换上薄衣衫。初春是美：不施粉黛，不画眉，不抹唇色，单簪一朵花，百媚相悦生。

与初春相遇，如同与一人初见，满眼都是好。雪美冬却冷，莲净夏却灼，枫红秋却燥，都不及初春，一处便生百媚。

许是初春美得勾人，将人的愁绪都牵了出来。唐代王维有诗《相思》道："红豆生南国，春来发几枝。愿君多采撷，此物最相思。"春色满园，适合两人一同观赏，难怪春来相思——看枝上发红豆，心里自然而然去念一念那斯人。

山中李子花全数开放。我从初初春晓里出发,穿过吹面拂柳风,经过泉眼细流,行过临水晴柔,到达十里花坞。漫山的雪白,只采二三入卷。果农挑着水,担着肥料,扛着花锄,从千万枝花掩住的山间小院里走出来,身后是霁青的山,白的花与墙,乌木色的瓦,原木篱笆,人仿佛是从水墨画中走出,清雅又古典。忆昔日读过宋姚宽《西溪丛语》,卷上言:"昔张敏叔有《十客图》,忘其名。予长兄伯声,尝得三十客:牡丹为贵客……梨为淡客。"蹲在花前,赏枝头与梨花有九分相似的、锦簇细碎的花瓣,在心里为宋姚宽添了一句:"李,亦为淡客。"

只此一程便知,生活在这花深处的人,不着素衣,却依旧不掩素心。

一旁同行的人折下了一枝花,小心地裹在白绢里。花农却不责怪,因为了解。我们远道而来,何尝不是为了做一回这花下淡雅客呢?

初春不久,就有人卖樱花糕了:似琥珀一般,将粉白的樱花瓣凝结在糕点里。一口一个,花的甜与糕点的清润,就像是品着春天。看,初春连吃在嘴里的味道都是香的,不然古人不会"聊赠一枝春"。

"聊赠一枝春"。多欢喜这一句。迢迢千里,书抵万金,信上不写相思词,不写如意赋,只夹着一枝春花,告诉你:春天与我皆尚好。

古人果然是古人，连家书都别有新意，不失情怀。拆家书的人不仅是拆了一封信，还拆回了一座初春。

这样一枚无字信，数一数二地深情了吧。

采采绿水，蓬蓬远春，初春以她的柔软与清香，更以她的胆识与力量，引着我遇上桃花庵，写下梨花诗，吃过樱花茶，读几沓闺中书。偷得浮生半日闲，活成出尘远嚣的样子，身旁有热热闹闹的初春景，心里是温温润润的春水词，满眼都是新生的小喜。

与你
在最美的词上
坐一坐

桃月 冯炜莹

好句精选

> 此生唯一的痴心，便是行在桃月裁剪好的几尺娟然里，做一个走走停停的人儿，誊写一卷淡淡幽幽的字帖，蹉跎一生清清丽丽的光阴，那么深情，那么韵雅，又那么缠绵。

若不是一场暮春行，被花枝勾住了帽檐，我许是还不能发现已然三月，这寻常的小街道早早设了一席桃花宴了。

心头蓦地长出一句话——"天气清和，野有桃花"。

案几前的日历上用行书洋洋洒洒地写着"桃月"二字。

桃月，夏历三月。

三月百花香，万物生。月明梨花上，自古君子兰，晚来樱花雪，为何却恰恰是桃花胜却？

我以为，桃花除了《诗经·桃夭》里写的"桃之夭夭，灼灼其华"那么妖冶的外在，三国桃园结义兄弟情也如此淋漓，更有崔护在桃林门上刻的诗词赋予深情，让它惊了千秋，从此万代不败，连时间月份，都要用桃花枝点上浓墨的一笔。

桃花自是美，谈三月时若是道出"桃月"二字，好似薄香灌满清风，好似心上流溪，中有鱼衔落花醉去。

读唐朝王维《田园乐》：

> 桃花复含宿雨，柳绿更带朝烟。
>
> 花落家童未扫，莺啼山客犹眠。

一开篇就是含雨露的桃花，然后柳条才慢慢笼起烟来，黄莺啼叫，山客与家童却还在沉眠，不知桃花落了，有多少花瓣已飞遍了整个春的天空。

桃月，桃花月，少不了桃花配乐，少不了人来写、来歌。

那桃月行，行到了一方小村庄。小村里有许许多多的门户，老叟下棋，垂髫戏水；少女手持针线，学着母亲温婉地绣着棉布袋子，绣着锦帕上的小桃花，绣着衣襟前一株梨花淡白。

枯藤老树无昏鸦，倒有小桥流水与人家。有人从厚重的老旧铜环门内跨出来，身后是攀墙而出的明媚桃花，人是那沉静而儒雅的模样，宛若里面住着的，其实是一位古诗人。

与你
在最美的词上
坐一坐

面容如夭桃，俊秀丰神；性情是雏菊，朗逸自持；气韵若幽兰，温润淡雅；人品似雪梅，冰肌玉骨。每日生火炊饭，选浮生半日翻一页书、饮一口茶，出门前会低声叮嘱几句，为眼前人理理衣裳。

此种静谧，此种美意，此种柔婉，喧无车马声，独闻足音绕。

不期然想起李白《金门答苏秀才》中的一小段：

鸟吟檐间树，花落窗下书。

缘溪见绿筱，隔岫窥红蕖。

采薇行笑歌，眷我情何已。

月出石镜间，松鸣风琴里。

得心自虚妙，外物空颓靡。

身世如两忘，从君老烟水。

眼前微雨小行，逍遥不记是何年。拨云寻访古道，数着花韵逢过几人。鸟鸣春色，犬眠惬其意，絮语间江色暮来，须臾便消了一日。亻宁在这个小村庄里，忘了身世，老于烟水，采采薇草，听见风来有琴音，看到桃花之外有美一人。

纵然想长驻于此，可总归要回到各自的生活中去啊。其实，若可让一颗心在此处久久居、深深念，已是生命最美好的相逢了。

甚是喜欢《红楼梦》里宝钗的闺阁："……及进了房屋，雪洞一般，一色玩器全无，案上只有一个土定瓶中供着数枝菊花，并两部书，茶奁茶杯而已。床上只吊着青纱帐幔，衾褥也十分朴素。"

大家闺秀的闺房，只两部书，几杯茶盏，瓶子插上数枝花，一目了然，又不失格调，当亦清雅得绝俗。于是也学着她，淘来一枚小土瓶，种上几枝小桃花，屋中几尺都有淡淡花木味，面上俗尘也去了三寸。

桃月雾锁烟笼，长烟引素，水如蓝染，山色渐青。不种桃花，怎敢说读过桃月这册书卷？

远方友人寄来一封信，桃花色，桃花味。

她说被春天召唤着，去了一回桃花涧，归来时，带着一身桃花的光芒，于是想写一封桃花般艳丽的情书。她的信封里，躺着一块丝绸白绢，粉的花瓣，绿的茎叶，大气的草书，一个春天的"春"字，一首"人面不知何处去"。

我想我是收到了真正的尺素书——来自她，来自春天，来自桃月，来自桃花仙。

微微笑了，我亦临帖题字，为她送去一份桃月里，属于我的自在逍遥的日常，望能共拾花酿春茶，锄月种心事，清明简纯，静水流深。

与你
在最美的词上
坐一坐

我们素心人对素心人,相去万里,惜君如常。

桃月,需要深深嗅才好呀。

此生唯一的痴心,便是行在桃月裁剪好的几尺娟然里,做一个走走停停的人儿,誊写一卷淡淡幽幽的字帖,蹉跎一生清清丽丽的光阴,那么深情,那么韵雅,又那么缠绵。

黄昏 寄北

好句精选

> 黄昏是从什么时候开始的？这样微微想起时，也许你就成了那个走过乌衣巷口的唐朝才子。牵着马，看着阳光一点一点凋谢，像花朵一样渐渐老去。或者在某一株宋朝的柳梢头，黄昏蓄含了许多胭脂的颜色。

一直喜欢某种泛黄的颜色。其实也是黄昏的颜色，是可以让人沉静的。仿如烛火下祖母的脸，安宁，慈爱。

也许亦是下意识里有了老的意味，开始不喜欢太过分明的色系了。如果要调色，那么该要用到黄、红、黑、白。若有绿意，还得要一丝蓝。那样分明的颜色一种一种加上，拌开，黄昏亦缓缓到来。这样安静。

黄昏下的水面总是容易让人想起流逝。逝水不复西。在这样的光线下，容易患上回忆症。想起的，都是那些再也回不来的好时光。

但是，什么才是好时光？也许，回不来的，都是。它们那样无邪地陷在这时间之中，与你再也无关。

黄昏是从什么时候开始的？这样微微想起时，也许你就成了那个走过乌衣巷口的唐朝才子。牵着马，看着阳光一点一点凋谢，像花朵一样渐渐老去。或者在某一株宋朝的柳梢头，黄昏蓄含了许多胭脂的颜色。

花影淡淡地投到窗上，你在屋内，光影交错，生生坐成一首词。

在我的设想里，遇见一场传奇当在黄昏。此时，月色未曾袭来，晚风暖人。你们拖着长长的影，就像是两个长着翅膀的神，安静地靠近，微微地笑。恍若书上的两只白狐，一起奔跑，一起入画，一起寂寞。

如果你曾有摘花的前尘，那么，也许也是在某个黄昏吧。那些黄昏，寂静的河中长出许多的兰舟。那些素衣的女子，莲步暗生，拢着淡淡的清芬，与你相视，递来一枝灼灼的桃花。那些花中一定掩藏着许多来自前朝的书信；铺开时，它们讲述出的故事上印满了明媚的花影。

在黄昏的时候，也许你会想起许多年前轻轻靠近一只蜻蜓，悄悄地，静静地，拈花一样地拈住一对翅膀时。池塘中游出一群雪色的鹅，莲叶上的水珠滚下来。

　　其实，许多年，我未曾好好地度过黄昏，总是轻易让它过去；却在词语中，一次次让它重新展示。我在小说的开头，把自己说成喜欢黄昏去散步；在诗中，总在黄昏的时候，有汲水的女子穿越桃花林，还有立在花下冥想的少女。我让黄昏在冥想里变得似是而非，蓄满水意。

　　我还想在黄昏的时候，如孩子一样真诚地坐等：等着水中的鱼游出水面，与我对视。

　　说到这里，你如果恰巧路过，会不会淡淡地笑起来？就像长出翅膀的鱼，从光线倾斜的廊中游来。而我，刚刚小睡醒来，于是，我们以诗歌的形式相见。

　　你在上句，我在下句，温柔遍生。

　　我还想起，世间最好听的声音是那些具有黄昏质地的声音。

　　温情，动人，牵心。

　　一句一句递来时，一如某日推开一扇门，那里是绝美的光线，所有世间的美好，也许就是它。

　　一遍遍听下去，沧海桑田。

与你
在最美的词上
坐一坐

月白 葵花

好句精选

> 月白是《诗经》里出游的词，带着水汽和微凉的呼吸，沿着水路，从彼岸一路走来。一个机缘巧合，有那么一个人，穿着素白的衣衫，站在月光下，遇到这些出游的词。

月白很有些不食人间烟火的味道。

尤其被黛玉和妙玉一穿。孤绝，清高，愈显天地合生的气质。

再有月白斜襟袄，及膝的黑裙，齐耳的短发或一双麻花辫，斜挎的书包，不用问，这是典型的民国时期的女学生装。时隔这么多年，这种美，一经生成，就被定格在一种干净和温润的意象之中。

倘若非要用语言来形容月白，该是一泓清水，忽生出淡蓝的褶皱，或是素白的缟绢上，溢出软烟般的蓝霭。

我更愿意认为，月白是《诗经》里出游的词，带着水汽和微凉的呼吸，沿着水路，从彼岸一路走来。一个机缘巧合，有那么一个人，穿着素白的衣衫，站在月光下，遇到这些出游的词。清风在他衣衫细密的针脚里，匀了些淡青，变成月白，就有了故事。故事延展开，可以是饮马桃花下，也可以是负手长亭里的思念，既如洪荒无际，又带邻家烟火，这取决于想象的人愿意把它搁置在何种意境里。

也是这件衣衫，一直被张爱玲爱着，她把它穿在白流苏的身上，让范柳原找到归属，做足了倾城之恋的姿态。

一个朋友说，她想开家茶行，不大，干净，别致。茶行的名字就叫"兰亭月白"，除去用作销售的茶具，如我等的佳宾一概用月白细瓷茶具来款待，专用来喝红茶，就为着品相。

她的店一说说了好几年，我等着用月白的细瓷茶盅也等了好几年。

她依旧忙着，忙着与月白和红茶不沾一点儿边的琐事。

有一天，与她闲聊。

我说："喝你的红茶究竟是用天青色的茶盏好，还是月白的好？"她只笑不语。我说："'青灯耿窗户，设茗听雪落'，还是天青色好些，等哪天我披着星星，扣着'兰亭月白'的门环，你一定要沏一壶上好的红茶在天青的茶盅里予我，虽不会品茶，也装装斯文。"我们哈哈大笑。末了，她说："我还是要用月白的茶盅款你。月白和天青是姐妹色，天青是姐姐，羽化如仙，月白只沾了半分仙气，估计这辈子我们成仙不得，我们只能借着它装装样子吧。"

一晃，又一年。临街的铺面真开了一家茶行。茶行有一副对子："溪流琥珀三千里，茶洗白沙一万年。"

我进去转转，只见各色茶具一应俱全，绿白红黑黄的茶琳琅满目，店面也还雅致；老板操着地方口音，介绍着南北之间的见闻，语速快，动作麻利。突然莫名有一种感觉：丝绸蜀路，茶道盐商，仿佛它们一股脑儿地，被集在一起，被不分方向地塞在方寸之隅。

我忽然想念"兰亭月白"，想念那套被专宠专用了多年的月白细瓷盅，想念月白茶盅里被漾开的茶汤。故事还没发生，我却跌进故事多年。她的话成了我的想，时时静静地想——因"兰亭月白"生出的细节和画面。

看金农的画，与其说看画，不如说，他在画外题的字更吸引我。他画罢竹得"忽有斯人可想"句，画萱草谓其"果能忘忧"，在沈家园内发现一株野花小草，就实实在在端来此景入画，实在可爱得很。

他见物度己，由己及人，是万物唤醒他的情思，而他又引得我们生出月白样的情思。

月白本能引人情思，更何况一个具月白性格的人。

日子虽然繁杂，好在可以有一些清凉的时间任我思绪翩跹。在透过写意的水墨画里，慢慢领悟提毫的笔者，瞬间月白样的神情。我一边捕获宣纸内无边的声色，一边让月白将自己内外兼修，这实在是生命里另一种的厚度。

读了简嫃的一些文章。她的文字细腻，她落字不讲章法结构，只要能表达意思，愿意构筑情理之外的词。她的几本素色书封，在灯光下，有时竟煜煜泛着些淡蓝或淡青。就想着，她一定是伏在月白的纸张上写下《四月裂帛》和《水问》，写下"认识你愈久，愈觉得你是我人生行路中一处清喜的水泽，几次想忘于世，总在山穷水尽处，又悄然相见，算来即是一种不舍"。

她的这种情怀，有人看到人，有人看到事理。相忘与不舍是种情怀，月白样的情怀，既可以折来插瓶，也可以当枕而眠。而在插瓶与卧眠之余，有一双眼，在慢慢瞧，慢慢体会。

与你
在最美的词上
坐一坐

荷风 | 葵花

好句精选

> 一池荷，满亭风，一袭白衫，心系虚谷，大约便能将荷风承接得稳妥吧？而我是俗人，偏要盛满一袖的烟火，与它隔水相望。

《待月》诗有一句说"荷风疏雨后，萤火乱星前"。溽热的伏天里，瞬间就觉得心底拂过一丝凉风。

这一丝凉风里，除了香与净，更多的是物我之外的一种喜悦。

一池荷，满亭风，一袭白衫，心系虚谷，大约便能将荷风承接得稳妥吧？而我是俗人，偏要盛满一袖的烟火，与它隔水相望。那朝暮时分百般缠绕的纷扰，蓦地，就被荷风划开一道口子。那事那人渐渐被掩于荷风两侧，闭上双眼，仿佛寻到一种方向，潜意识被指引，自然而然地，姿态优雅起来，缓缓行于其间。

一说荷风，想到相濡以沫；再说荷风，想到造化，继而慨叹：即便如此出尘，也要面对消逝的风华，何况正在老去的自己。正想说些个伤感的字眼，风自池面而来，花动叶摇，韵弥四野，轻风匀面，香入鼻息，恰到好处地为我缝补好灵魂的缺口。

灵魂的缺口被缀补后，便得"面面荷花供眼界，顿如身不在凡尘"的狂呼。

北方的荷显得疏落些。与一池"接天莲叶无穷碧"的繁盛相比，它有着独到的妙处。

立在曲廊抑或亲水平台上的人，除了心向往之，沐于荷风，着眼于一朵盛开的、微绽的，或尖尖荷角的，都有着说不出的好。

有风自东南起，东南角三三两两的荷顿时倾出细香，扑面而来；有雨自天而降，荷香便卷过池面，氤氲着四下里弥漫。最是那一对对情侣，扶着栏杆在荷风里，一站就是许久，他们让我看到曾经的自己，心里升腾起无限的暖与感恩。

眼前这一池荷，应该是极符合美学范畴的：参差别致，虚盈有度，像极了画家笔下一幅精美的工笔画。每一朵都未被遗落，每一枝都开得恰到好处。浮出水面的荷叶不会因为过于稠密而挨挨挤挤丢失情节。一朵花的昼夜丰润起来；一池荷风的走向，得以铺在画板里恣意

与你
在最美的词上
坐一坐

横行。略显清瘦的"不足",抑或在六月里开出的"勉强",会让人生出一双发现美的眼,从这一朵到另外一朵,一直开到自己的认知里。

最有趣的是在公园一角,园林师傅们专门辟开一块场地,栽种了数百缸荷花。他们是感叹这些开在湖里的荷花纤弱了些,因为早晚过凉有碍它们开成一种规模,便亲植下百株荷,人为地调节温度,期待着它们开成一种盛大吧?

荷风、月白、花月娟然的时分,总会让诗人生出无限想要放牧词语的冲动。

那些身先士卒的词,那些压住城池的词,从花蕾一开始,就酝酿神情,酝酿韵致,只待熏风微起,便是修成正果的时候了。

商铺的橱窗里挂了一件旗袍,墨绿色,桑蚕丝的质地,丝线交错地隐隐显出摇曳的荷,十分民国范儿。每次路过,我都会站住瞧。店员先是热情地夸着它的品质,继而转到它若着于我身上如何如何的夸赞。她的心思谁都懂,只是我没有买的意思,于我而言,与它对目是最怡人的,或者说,我担心驾驭不了它。那几粒盘扣,那滚边的镶嵌,让我想到精致的眉眼和微卷的头发。着它,除了腰身婀娜外,举手投足间也得风情足够。再后来,我每次瞧它,店员或者一笑,或者低头自顾自地划着手机屏幕。

如沐荷风，大约早已停留在读书时他们于我的夸赞。如今日子繁冗，心情时而邋遢，怎么也精致不起来。

前些时候读西窗的文，她说，如果有一天，穿着家居服，趿着拖鞋，头发散乱地去扔垃圾时，不早不晚地正好迎面遇上那个心仪的人……读到此，心中大叹：不可活！不可活！

那些"人生若只如初见""如何让我遇见你，在我最美丽的时候""惊鸿一瞥"倒似成了人间传说，这一刻的光阴被坐实得如此不堪，立隐于夹缝里，是当下最想做的吧？

其实，着迷于踏着碎步、踩着月色，在荷风里游走的美好，不过是一时摒退了随意或慵懒，但它从未消失，它有时恰恰停在你美目顾盼的对面。

即或不是为着某个人光鲜，就那么率性而日常地沐于荷风时，那些白天说过的过头话、他人眼里不搭调的着装，在突然一刻的心神通明时，都变得不再重要了；即便是锦心绣口里吐出的字，也显得无足轻重了。

如此，沐于荷风，得于内省，便胜过阿弥陀佛百遍了。

第三辑 / 名词动词，你是形容词

山河、岁月、草木、人间

我们深情地活在这珍贵的名词世界里

而光阴"嗒嗒"的马蹄声碾过

我们拦不住一个动词的行程 但是，我是那么愿意

用一朵半开的花 修饰一个饱满的春天

用一整个春天 修饰我们的迎面一逢

和一起遇见所有的细小的美

与你
在最美的词上
坐一坐

烟波蓝 | 白音格力

好句精选

当然,生命中亦有芳草碧连天,有千里莺啼绿映江。我更喜欢这烟波蓝里的一分沉静、一分神秘、一分纯净、一分内敛。它不是我们生命最需要的底色,却是不可或缺的气质。

喜欢一种颜色,叫烟波蓝。或者说,喜欢一种格调,叫烟波蓝。有一种无与伦比的美在里面,有一种少年淡淡的忧愁在里面。

唐代崔颢的那一句"烟波江上使人愁",还有宋代柳永的"念去去,千里烟波,暮霭沉沉楚天阔",在强说愁的少年时代,让我禁不住对那烟波产生了迷离的情愫。一直也好奇:这烟波,究竟是如何叫人愁的?

第一次看到"烟波蓝"这个词,是在简媜的一本书里。简媜在书的自序里说,蓝是这本书的情感基调:迷蒙的烟,荡漾的波,组合成烟波蓝。烟波蓝，静穆、纯净而又迷茫，轻盈中隐伏着忧郁、颓废乃至死亡魅影，它是一个敏感少女艺术梦的景深和底色。

我不知，"烟波蓝"这个词是不是简媜独创的，但是，简媜理解的烟波蓝，一定是糅合了诗词里的愁和自己内心所崇尚的浪漫的。

像"烟雨江南"是一个人精神上的乡愁一样，烟波蓝越来越让我觉得，它是一个人内在的天气。

前些日子，在为我一本即将出版的书改书名时，我想在书名里用到"好花天气"这组词。在写自序时，开头便是：我常想，人也有自己的天气。好花天气，草色烟波天气，明天天气，局部有书卷气。

虽然这两句看似写来是轻巧的，但这三种天气，是我左右思量后定下的。好花天气，我在文中多次提到过，也曾有学生在微博里问我"好花天气"是什么意思，我回说"花开也是一种美好的天气"，在这里就是指一种内在的美好气象。人的内在，要有自己的气象，很重要。而书卷气呢，何尝不是一种内在气象！但因我们常人每天需奔波，真能静心走进一本书里实在不易，所以我说"局部"，人能在一天当中抽一点点时间阅读，亦是乐事一件。另外提到"草色烟波"，是觉得，这该是人一生常态的天气。草色随性，是属于日常的；烟波如梦如幻，带点浪漫色彩，意思是说平常天气，是朴素的浪漫天气。

与你
在最美的词上
坐一坐

  如今想想，那草色烟波，就是烟波蓝啊。

  蓝，本义是用靛青染成的颜色。正如《说文》里所言，"蓝，染青草也"。记得当年在大理游洱海时，在多处有水草枯木桩的岸边停顿，明明那水草给人绿得快要滴下来的感觉，那湖水却是蓝色的。我想可能是洱海的蓝天所映吧。后来又想，是蓝大片大片的，掩盖了绿。再回想时，那几日也碰到水雾笼罩湖面的美，那蓝就有了让人片刻间沉醉的力量。这就是烟波蓝啊。

  绿是生命力，代表着生机勃勃。蓝更多的是一种气质，是生命里潜藏着的一种高贵，有浪漫的血统，有纯洁的本质，有梦幻的色彩，有一丝忧郁的底色。而烟波缥缈，那种朦胧的美，与蓝一照见，直让人遐想联翩。

  想想，人一生，有多少烟波蓝这样的天气呢？

  人这一生啊，有太多的天气不受自己控制，时而瓢泼大雨，时而冷月挂遥岑，时而清秋冷落，时而白雪皑皑，而明朝晴未卜，心忧戚衰悴。当然，生命中亦有芳草碧连天，有千里莺啼绿映红。

  我更喜欢这烟波蓝里的一分沉静、一分神秘、一分纯净、一分内敛。它不是我们生命最需要的底色，却是不可或缺的气质。

  闲绿一捧，清风竹几丛，白云满碗。在这日常的画框里，我是一抹烟波蓝。

　　自然还有清喜的留白，留给无数个人间四月天，留给二十四桥明月，留给桃花笑春风、人闲桂花落，留给你。

　　我只在一角，水生烟，烟笼波，波映蓝。

　　总有那么一个人，多少多少年以后，她仍是你的姑苏城春风面。而你，任岁月变迁，依旧是那一抹烟波蓝。

与你
在最美的词上
坐一坐

花身如玉 |白音格力

好句精选

> 花身如玉的人,到老,都是明净的、清凉的,是霜落下霜,是白雪落下白,是花开花,是说不尽的美好的美、美好的好。

《红楼梦》是一块玉。什么宝玉、黛玉、妙玉、玉菡、红玉、玉钏,光名字就好多玉。哪一个人不是一块玉呢?从石头里打磨出的玉,从自己手头光阴里磨炼出来的玉。

我有一块玉,后来丢了。挂在脖子上,绳子在某天断了,我却不知。玉失时,人心一下碎了。那块玉是我的生肖,我自己花了当时对我来说的大价钱买的,就是想:一生的岁月里,可能没人在乎自己,我要用一块玉,来养我的光阴、我的过往。

很多年后回忆起这块玉,觉得丢了就丢了。心越来越从容、开阔,学会了理解、包容、接纳；特别是对自己，更应该有这样的情怀。如此，我从不佩戴一块玉。我自身也会在日复一日的光阴里修炼成一块"玉"的吧。是花身如玉。

花身如玉，这个词，网上是搜不到的，字典里也查不到，一些诗文里也从来没有看到过。这个词，是某位作者在写《诗经》里的《汾沮洳》时提到的，他在文中写了古人笔下的玉，写了红楼里的玉，写玉之美泽，写玉之高贵。

他说，君子应该具有仁、智、礼、义、忠、信的品德。回到《汾沮洳》，你看这男子容光焕发，他有美玉般的光泽，有美玉般的洁白，有美玉般的温润，有美玉般的纯洁，有美玉般的坚贞，有美玉般的无瑕……

我们的一生，难做成一块"玉"，但是，花明玉净的内在，是我很崇拜的。所以这一句"花身如玉"，如同一个温润的男子的品质，如同一个洁好的女子的气质。

生在北方，我看的花大多是北方之花，受寒冷气候左右，那花开得小心翼翼。我有时会可怜北方的花总是一低眉模样；不像南方的花，热烈地开在枝头，开得高高在上，开得大开大合，开到落，也是怦然，让人心动。

与你
在最美的词上
坐一坐

可能因为北方花相对少,所以我会格外怜惜北方的花。桃一开,低眉顺眼,把娇羞开在枝头,赏心的人来,一眼就是一方莹然;杏一开,小小巧巧,洁洁白白,她不说话,她只是在那枝头上张望,像是在等一个归人来。

不论是低眉,含着羞,吐着芳,还是热烈、奔放,到无所顾忌,花自身如玉,不管尘世多少尘覆来,不论人潮人海多少浪打来,她自顾自地开着、香着、落着。

顺其自然,是一种美德。自然万物,都顺着自然而来。人却不,人总是妄想去改变、去创造、去拥有,也去迷失、去失去、去丢了自己。

所以,花身如玉的人,并不多见。

看到"花身如玉"这个词时,我是几乎有点儿呆掉了的。

我就在窗前坐着,风吹过来,夜色包裹来,月光悄无声息地围拢来了……而我,像身历四季,从春好时分,花开得俏、开得艳、开得无所顾忌;直到盛夏花事尽了自己的本事,而又悄无声息地放弃香,放弃那份灿烂,落也落得落落大方;然后秋风狂,吹黄叶,碧云天,是需要大境界的人才看得懂的;而后又经历白雪白,无声又无息地落白了一整个的世界、一整个的人生,花色尽失。

而心中有一方桃源,不论四季更替,不论人间无常,在那里,那一方桃源里，花身如玉，你自喜悦。

我一生最骄傲的事，就是交的每一个我心心念念的朋友，都是花，都是花身如玉的人。

他也好，她也罢，以纯洁的笑，以清澈的心，守着自己的一枝，不被外界的一粒尘而左右，就自顾自地开着、美着、香着。

所以，到老，我都是欢乐的，是喜悦着的，是珍贵的，因为我从来不曾失去那份来自花身如玉的情谊。

要像深山一泉，自在清凉；也像松子落到的一盘棋，把人生的每一步走好；或者像一片月色，隔着山，隔着水，隔着一千年，依旧清着也好，凉着也罢，从来都是自己的样子。

花身如玉的人，到老，都是明净的、清凉的，是霜落下霜，是白雪落下白，是花开花，是说不尽的美好的美、美好的好。

与你
在最美的词上
坐一坐

芊绵平绿 |白音格力

好句精选

人一生，行到怎样的残山剩水之地，秋风如何悲凉，寒雪如何寂冷，但心中仍有一方天，那里芊绵平绿，是留给往事、留给一个人的。或者就是留给自己，在风霜雨雪的困境里，仍可以退到这温暖之地。

深秋时进山，在小树林里，细细碎碎的阳光，挂在枝条上，照在一地枯叶上，那时心里极温柔，特别想写一封信，寄给远方。后在家里窗前看瓶中去年的枯枝，沐着阳光，窗外秋风萧瑟，枯枝上却尽是暖意，特别想写一封信，寄给故人。

所以，后来就写过一段话：在一林细细碎碎的阳光里，或窗前一瓶明媚的枯枝前，忽一念，欲写音书寄远，一程半卷诗文，芊绵平绿，日暖花明。

写后，很快有人开始借用"芊绵平绿"这个词。有读者来说与我听，说有人乱用，只觉得那词好，却用得乱七八糟，好生叫人生气。

我倒是一笑了之，心里还有温暖的感觉，如同心室里照进暖暖的秋阳。因为用者肯定被这个词的美打动了，她的心在那时被一个词温柔地包裹着。

这个词是在我手头哪本古籍中看得的，我并不知，如今更是找寻不到，网上更搜不到，只能搜到温庭筠在《鸡鸣埭曲》中用到过。而且这个词今人恐怕用得极少，在网上搜罗，没见有人用。

深秋哪里还有什么芊芊草木，哪里还有什么盎盎绿意！在我脑海里搜到这个词时，却觉得恰恰好：能表达我虽身在深秋，却心有丝丝绿意与暖意之情怀。这个"芊绵"之"绵"和"平绿"之"平"，带着一点点缓和之味，不浓不淡，正好。

"芊芊"与"芊绵"，都是"草木茂盛"之意。但我觉得"芊芊"有了连绵不绝的气势；"芊绵"则温和些，也低敛些，让人感觉那绿不声张，悄悄而温柔。

"平绿"则指一片绿色。细细品味，这个"平"字极普通，却饶有味道。想象乍见一片绿，惊喜着，喜悦着，要来修饰这一片绿，还真是一时难有个恰当的词。而这个"平"，既有浩浩荡荡之气势，又不过分飞扬跋扈，而是有着沉静的美。

这样美的词,也许只有古人的诗心才能营造得出。禁不住想看看,到底都有哪些古人用过。

对于"芊绵",现在能查得的最早运用的有南北朝时期梁代皇帝梁元帝,其《鄀州晋安寺碑铭》中有句:"凤凰之岭,芊绵映色。"

还有南北朝谢灵运《山居赋》:"孤岸竦秀,长洲芊绵。"

另外则有宋代王安石《和圣俞农具诗十五首其五牧笛》:"芊绵杳霭间,落日一横吹。"欧阳修《蝶恋花》词:"独倚栏干心绪乱。芳草芊绵,尚忆江南岸。"

近日又在翻看手头几本明清小品时,读到两次"芊绵"句。

其中之一现已不记得出自哪本书了,当时读到,还想真是有偶遇的惊喜。另一则是清代余怀《板桥杂记》中所言:"长板桥在院墙外数十步,旷远芊绵,水烟凝碧。"

关于"平绿",除了唐代温庭筠那首《鸡鸣埭曲》中有"芊绵平绿台城基,暖色春容荒古陂"句外,另外搜到的诗句二则,也非常美。一是唐代温宪《春鸠》诗:"村南微雨新,平绿净无尘。"二是宋代詹愭《上巳后一日登快哉亭》诗:"纷华埽不见,蝴蝶飞平绿。"

其实,这"芊绵平绿"说的是景,却又何尝不是人内在的一种气象!

人一生,行到怎样的残山剩水之地,秋风如何悲凉,寒雪如何寂冷，但心中仍有一方天，那里芊绵平绿，是留给往事、留给一个人的。或者就是留给自己，在风霜雨雪的困境里，仍可以退到这温暖之地。

所以那时，我在秋深的林间也好，在窗口枯枝前也罢，因着那缕阳光，我心里铺开了这一层芊绵平绿的好意。我想，它是我内在的一种气象，也会成为我内在的一种气质。

无染 | 白音格力

好句精选

也许我的心田里,本来就种着几亩清风明月,我所追寻的,正是这与世无染的一份清澈;也许看多了世间那些污浊的不堪,我不习惯也不擅长在浑水里生活,便对无染的清净之地由衷地向往着。

"卧石枕得有声泉,心在痴地身无染。"多年前,在云南一深山小村里,见泉从屋后流,每夜枕泉眠,逍遥自在,真想忘了身处何朝何代。当时一直想为那泉写两句诗,却未果,也不管。回后写下这两句。

年少时,就喜欢"无染"这个词。也不知究竟喜欢它什么,是内在憧憬这无染之境界,还是希望我的世界澄净如初?

也许我的心田里,本来就种着几亩清风明月,我所追寻的,正是这与世无染的一份清澈;也许看多了世间那些污浊的不堪,我不习惯也不擅长在浑水里生活,便对无染的清净之地由衷地向往着。

家乡有寺名"无染"。我在很多年前去过。到如今，其实每年都会想到无染寺，想再去那座山里走走，不知为什么，一直也没有去过。

记得当年去时是深夏，沿路进山，今日已不记得走了多远，只知寺外有树，高直茂盛，树荫密匝，清幽无比。寺是极普通，至今想起，并非寺庙有什么医我心之经书，或禅香洗我在世面目，而是小小的寺庙，在林木深处，从尘世走来的人，能从中得到片刻的宁静。

心宁静了，也就无所染了。

十多年前，我就曾写了篇随笔，名即为《无染》。多年来，一直想再写一篇，因为现在有了更深的领会，毕竟那时人是浮躁的。

关于"无染"，我觉得要比"不染"好。"无染"是天性，"不染"是后天修为。

莲之"出淤泥而不染"，表面看，这"不染"大多人会认为是莲之天性，我觉得不是。若谈天性，莲应于命运落莲子于淤泥时则不发，真正做到无染于淤泥之中。但正是后天修为，则让莲更圣洁、更"可爱"，莲也因此成了佛的象征。甚至可以说，佛就是莲的智慧和境界。人有了莲的心境，就出现了佛性。

无染，是佛教语，谓性本洁净，无沾污垢。也就是，无染是天性。我并非从佛教语义中领会，我早知"无染"是佛教语，但佛如何定义

与你
在最美的词上
尘一尘

"无染",我并不知晓。我是觉得,这个"无"字才是妙意。无,就是没有,是空,是本来如此,不需后天任何努力,是本性。而"不染"中的"不",是主观意识下的拒绝。所以,我觉得,"无染"是本性,是天性;"不染"是后天的,是修为。

这个世界上是没有绝对"无染"的事物和人的。这个世界上,有的只是"不染"的精气神。所以,"无染"在一定程度上,是相对的。草木也好,日月风霜也罢,都是染着尘埃,活出自己的面目。

敬善媛有一首《莲心曲》,其中一句"本无所染,明妙坦荡"是我非常喜欢的。有人在网上曾讨问句意,有人答:"本来就一尘不染,所以明白妙法心胸坦荡。形容佛家的一种境界,类似'本来无一物,何处惹尘埃'。"答得极好。

有一段时间,我曾为无染难求而失落,但看到《莲心曲》中这一句及那妙答之言,心也就宽了。是的,无染是天性,难求;但本心所求,不过是不染一尘的境界,也就可以明妙坦荡,活出自己的面目来了。

所以,当我枕着有声泉的时候,却觉得我是睡在了寂静里——人间最美妙的寂静里。心有所痴之事,世间千般纠缠万种烦扰,都无法挤进来,正所谓"法至空时方见妙,心于静处自生莲"。这痴,即是无染。

新凉 | 许冬林

好句精选

那些滚烫的、麻辣的、动辄裴然的心情,也一日日平静安妥下来,慢慢就生了听雨的闲心。听雨,听得自己成了一块古老的磐石,听得自己成了一泓千尺的深潭,无声,无惊。

听雨。在深夜,在旧楼老宅。雨声苍老。

阳台外的晾衣杆上,有雨声,清越,历历可数。也许是因了与金属的碰撞,所以雨声里掺了金属之音。是壮年的雨声。

只是,听起来,那雨声步履迟缓、犹豫,像是怀着叹息。

是女儿家的叹息吗?为胭脂未抹匀?还是为新衣落水掉了色?还是,为了某一个人?才下眉头,却上心头。

这是初秋的雨。雨声在夜色里,一滴一滴,生起无限凉意。

玻璃窗上,铁皮质的遮阳棚上,楼外的香樟叶上,皆有雨声。但

与你
在最美的词上
坐一坐

    这雨声，总像是不常来往的友人，情意有种克制的淡。

    躺在黑暗里，听雨声，点点滴滴，滴滴点点。像一个个逗号，不远不近，不急促，也不休止。只是孤寂而缓慢地延续，向前，向黑夜深处，一步一步，一步一点。这样的雨夜，多么像我正在行走的岁月——荒寂漫长的岁月。平平的旋律，微带叹息的旋律，在波西米亚长裙下，轻扬，轻扬。

    风起时，雨声会倏然密集。像急急翻书的声音，又是一页，然后又是一个一个逗号缓慢隔开的句子，在淡淡的光影里，散发陈旧的气息。

    雨声里，我是醒着的。窗外，街道悠长交错，路灯如眸。长街楼群也是醒着的，醒在微茫的秋雨里。这醒，染着清秋的凉、古意的凉。是的，这秋凉仿佛来自远古，而不是季节更替里。黄昏路过十字街口，陡然下意识地卷紧了颔下的秋香色丝巾，之后恍然：原来还是旧年的凉，晤面来访。

    我在雨声里，情怀缱绻，觉得自己就这样老了。是微老吧。

    微老应该是凉的。像银杏叶子在秋风里刚刚泛黄，黄得还未透，还不厚，还没有在阳光下耀金。

    熄灯上床前，我换了碎花的旧棉睡衣。站在镜子前换，我看见镜子里的女人，像一尾鳞片昏暗失去光彩的鱼。

这是我不喜欢的暗。

我曾经不懂得，时间的尘沙是怎样掩埋物事的。我把一位画家送我的画装裱，挂在朝阳的房间里，时不时赏览，一个人，会心一笑。可是，某日翻出家里另一幅未装裱的画，两相比照，凛然一惊。橙红橘绿，那些颜色也在光阴里淡了、凉了，不那么丰硕饱满了，不那么野心勃勃了。

睡前的镜子里，一个女人，黯然成一幅旧画。

那些鲜明的、耀目的、翻腾跳跃的时光，离我将渐行渐远，像朝雾里的离人。

那些滚烫的、麻辣的、动辄轰然的心情，也一日日平静安妥下来，慢慢就生了听雨的闲心。

听雨，听得自己成了一块古老的磐石，听得自己成了一泓千尺的深潭，无声，无惊。

少年听雨歌楼上，

红烛昏罗帐。

壮年听雨客舟中，

江阔云低，

> 断雁叫西风。
>
> 而今听雨僧庐下,
>
> 鬓已星星也。
>
> 悲欢离合总无情,
>
> 一任阶前点滴到天明。

这是蒋捷的词,喜欢了许多年。从前喜欢时,唯觉得忧伤。如今喜欢,喜欢其中的澹然。人生处处听雨,少年、壮年、老年,好像那雨一拍子比一拍子慢,是下山的步伐,夕阳沉浸在远处的山脚下。其实,雨还是雨,是听雨的心慢了,慢了,慢得一任它点滴到天明,到午后,到黄昏。我的心,不深不浅,一半盛欢喜,一半盛清哀。

窗外,午夜的雨,静静走在空气里,走在街灯上,走在广场上的那些常绿灌木和草地上。雨的脚,走在城市和乡村,走在山川大地之间。

走在梦里。走在梦之外。

走在夜里,那声音像温柔的叹息,霏霏,霏霏。

它们在窗外,还有一夜的路要走,甚至更长,所以走得舒缓。

它们走在时间里。

像我一样。我的脚步也走在时间里。抬眼望望,还有半生的路要走,索性不急了,慢下来。

在这个初落秋雨的凉夜,自己跟自己说话,想想远的和近的,想想无关名利的虚无之物,想想不会再见面的那些人,想想永不会开始的一场恋爱,想想……想想。

想想,我就能淡然接受时间赠予的这一捧凉———一捧新凉。

与你
在最美的词上
坐一坐

孤而美 | 许冬林

好句精选

> 世界太热闹了，我要留一点儿忧伤给自己，留一点儿落寞给自己。我要一个人孤零零地凋零一会儿，且孤，且美。

人世间，有许多际遇、许多人事，是只此一回、只此一个，再美好，也无法重复。这样的际遇和人事，在我们的一生中，成为孤绝的风景。他们孤而美，像孤品。

看大漠胡杨，尤其是深秋天，那些胡杨像站在世外一般，有一种庄严凛冽的美。沙漠是金色的，夕阳是金色的，胡杨也是金色的，让人想起苦难和孤独也可以像金色的胡杨一样辉煌。

我在朋友拍的胡杨照片里流连。每一棵胡杨，都是几百年，独自在风沙里。每一棵胡杨,都是枝干苍老遒劲,满布沧桑,与众不同。每一棵胡杨,都是植物世界里的一个古老国度,苍老树色和斑驳伤痕成为荣耀。

江南的烟柳在三月的细雨里吐露幼芽时,塞外还是苦寒。江南的竹树在多雨之夏里绿树荫浓时,沙漠里还是干旱。但是,胡杨还是生存下来了,一年一发。即使,它们枝干断折,残余的根和干依然站成一道风景,让人惊叹生命的粗壮和粗粝。它们永远独一无二,不可复制,不是随便就能相遇的。

看大漠胡杨,常常被一种绝世而去的孤美惊倒。

到安徽淮北去,在无垠的麦地尽头,有一处文化遗址,叫柳孜隋唐大运河遗址。我站在发掘的古大运河的河床边,看到一只沉船,泥沙沉积于船舱,旁边,一根桅杆将折未折。船舱外的淤泥里,破碎的蓝花瓷片这里一片、那里一片,仿佛守望的眼神。我在古运河边,静穆肃立,久久无语,只觉得千百年的时光仿佛又化作运河流水,从心上湍湍流过。

当一种已经流逝的文明,以碎片的形式存于文物保护的玻璃之下时,我们依然会为它惊艳到眼底有泪。它们也是:无法再生,不可复制,成为孤绝之美。

《红楼梦》里,妙玉称得上是孤而美的。栊翠庵里,她读诗、烹茶,过着不与人同的生活。她挑剔着泡茶用的水,认为自天而落的水一旦沾了地便是污浊。她煮茶待客,给贾母那些人用的水是旧年的雨水,给黛玉她们姊妹用的是梅花上的雪化成的水。对于刘姥姥那样粗俗之人喝过茶的杯盏,她也嫌脏不想要。她是世间最洁净的人,把洁癖玩到极致。没有人能与她重复,就连黛玉这样孤僻洁净的人,在她那里也显得俗了。

妙玉这样的人,连茶具、茶水都挑剔得如此,可想而知,她对往来的朋友能看上眼、入得心的又有几个?有时想,宝钗不嫁宝玉,她依然可以从容选择其他的结婚对象,一样可以幸福。黛玉嫁不成宝玉,可以悲恨而死。但是,妙玉不一样。妙玉是恨都没有,只能是慢慢度光阴,死了也像玻璃盒子里的蝴蝶标本,不改羽翼的颜色。

喜欢妙玉,因为她,我知道在世间还有一种怎样的干净和纯粹。洁就洁得彻底,洁得不怕遭世人嫉恨。洁就洁得:这世上只有我一个人如此,没有同类。

妙玉美,也美在《红楼梦》里只有她一个人用梅花雪煮茶,形而上地活着,永远像雨水还没有落地,像雪覆在梅花上还没有融化。假如《红楼梦》里有一个戏班子那么多人的妙玉,好玩吗?一点儿都不好玩。我们的精神世界里，只要一个妙玉就够了。

许多事情，并不是越热闹越好。精神上能对话的人，只要一个就好。

日本作家川端康成的小说，有一种孤而美的气质。我喜欢《雪国》，就觉得，在冰冷清冽的世界里，一个人往远方去，大地上留下脚印，又被雪抹掉，也很好。

世界太热闹了，我要留一点儿忧伤给自己，留一点儿落寞给自己。我要一个人孤零零地凋零一会儿，且孤，且美。

与你
在最美的词上
坐一坐

半酣 | 白音格力

好句精选

知你此行,山重水复,一路涧花随身,我便心满意足。看山衔霞光,林木堆烟,走在山路上,却似人回了家,柴扉半掩,一推门,花香就扑了满怀。

酒半酣,既畅快,又留一半清醒,微微醺醺然,很美妙。

那种半酣,最美最美的,当是一个人在林深处,温了老酒,对朝阳,对晚霞,对青峰,对溪水,慢慢饮,无有世间事放在心上,自在一身轻地饮。这时,酒至半酣,满山的风,满林的水声,都是故人、是知己,似缓风静坐,把盏言欢。

现在能在大山里温壶老酒,是件多么奢侈的事。一友有果园十余亩,虽不在深山里,但也是静僻山村野外,且园里有土屋,他又好酒,常以酒来诱我。未去过,却知他一人在劳作结束后,总会喝上几两。

我能想象得到,他酒至半酣的陶然样。

每次披着朝阳进山时,背包里除了一瓶水,一定会有一两罐啤酒,当然还要外带几小袋下酒小吃。待中午时分,选一佳处,或树下,或崖边,开怀畅饮。因酒量差,一罐啤酒下肚,人已醺醺然。

能这样一个人阔山阔水地饮着,那些独处的时辰,孤寂而迷人。好似正是春花起身迎你的时分,在你来之前,我独自一杯,自思量,几许相思心上。

再下山时,夜风似乎也小有醉意,吹到脸上,甜甜的。知你此行,山重水复,一路涧花随身,我便心满意足。看山衔霞光,林木堆烟,走在山路上,却似人回了家,柴扉半掩,一推门,花香就扑了满怀。

书读到半酣也美。就是读到兴致高时,突然停下来,走进书里,可能是某句诗行里,可能是某个小亭子里。总之,就在那里,人陶醉于书中一景一情时,不急于读下去,在那一处,迷恋着,思索着,也探寻着,真的很美。

我有太多这样读书读到半酣的时刻,随手拿起桌边任何一本书,上面都有我欢喜的印记。比如这本《袁中郎随笔》,打开一页,是万历三十二年,袁宏道与僧友及弟弟等游德山,写下的一篇游记。编者于书中有注,说"所记没有险山瀑水,而是山中的幽深静谧,竹林、桂花、佛堂……都是淡然而宁静的"。

游记尚未读时,只看到这一注,心下忽然也变得宁静了。看过古人的一些游记,自然所记之行,要么一笔笔画意,要么于行处见闻超拔人心。但能如此心境平和,似乎不为了景有多美,不为了所行山水是否名胜,只图的就是这一分淡、一分静,就足够了。

能走在如此幽深静谧里,既陶醉忘我,又能遇到另一个自己。这种感觉就如袁宏道记中所言"正是崖桂盛开,芳香袭了一山",我也随着走在了其中,这芳香袭我一身衣,让人醉。

一日写文,文中提到为小院各处景观起名字的事,其中写到"屋窗前有半老梅,旁垒憨憨石,围矮竹篱笆成小小园,就叫梅染",因为我需要一棵梅。当然,从意境上来说,得是老梅,墨枝苍劲,铁画银钩,一株一枝都起画意。但写时,心还是柔软了一下,何需如此老意呢,一半即可,所以下笔便有了"半老梅"。

此时光景,秋渐深,寒意袭人,梅只是半老,心里有红日暖照。

白居易《南亭对酒送春》诗中写了三月将尽时,他"独持一杯酒,南亭送残春"。一个"残"字,让人很容易生愁心,特别容易借酒浇愁。"半酣忽长歌,歌中何所云。"由景到人,半酣放歌,春愁无边吧?但不是,"云我五十馀,未是苦老人",接着还写了他知足的一些事,读得出白居易身上的潇洒与达观。酒半酣，生活也半酣，不悲苦、不自愁，无忧惧、无俗虑，"知足保和，吟玩性情"，足矣！

与你
在最美的词上
坐一坐

青 许冬林

好句精选

青,古朴而自重,不热烈,不张扬,再怎样山长水远地涂抹,永远只是底色。

诸种颜色里,恋上青了。

青是安静的、单薄的。

"花褪残红青杏小。燕子飞时,绿水人家绕。"是苏东坡的句子。这疏淡的笔墨里,就渗出了一点点的青来,是青杏。农历三四月的杏子,在碧色的枝叶底下,悄悄地生长,不招眼,不浮浪。一副青涩的外表,容易被遗忘。

这多像少年时光,属于乡下的少年时光,没有少年宫,没有钢琴与舞蹈。四月的沙洲上,外婆的小院里,洁净简拙。院子外的泡桐上蝉鸣未起，篱笆上的木槿还没打苞，外婆的小院罩在一片恬静的青色里，闲寂清美。我们在小院里，也像是一簇青色的叶子，微微摇曳在风日里。

翻开色谱来看，看青的位置。青应该是从绿里衍生出来的一种颜色，它包含于绿色大系里，却不等同于绿。二月的纤纤细雨里萌生的新草，是绿，嫩的、新的绿，不是青。八九月间远山上的草木，在朝暮的烟霭里沉淀下来，那是黛色了吧，也不是青。青是未老的绿；青一老，就是黛。即使老得明媚些，也是蓝了吧。

四五月的草木是青的，是一种寂然的青。青立于仲春和仲夏之间，繁花已落，硕果还未登上枝头，两头的热闹都没赶上。

戏曲的舞台上，有一角色叫青衣，端雅大方，明丽成熟。她有花旦的美，但弃却了花旦的俏与媚；她有老旦的矜持庄重，却又添了几分绰约风姿。她莲步轻移，一身素洁的衣，粉色、白色，或蓝色、青色。水袖袅袅，分明有一种暗暗的寂寥。只是，这寂寥是那样隐约、那样轻盈，一个转身，就被端庄的她轻轻压下去了。青衣的女子在俗世里，一样安然、淡然。她看待爱情，就好像坐赏春末阳台上新移栽的一株海棠——那枝枝节节上的花，要是开，已经开过了；要是不开，也已经不会再开了。她看着那些夭折的花蕾，伴同残红零落，内心无

与你
在最美的词上
坐一坐

怨无艾；一抬头，轻愁烟散，天地平阔。这就是青的境界。

国画颜料里有石青。我从前临摹过一幅美人蕉图：五月的美人蕉，有茂盛的叶子。在宣纸上勾线完毕，一坨石青挤在调色盘里，兑了水化开，一笔笔涂染。一片片石青色的叶子，在画面里占去大半，却只是衬托——衬花。因为，那叶子丛里，一茎朱红欲燃的花朵，正高高顶在画面中央。这是青的命运，不甘也没有用。

青，古朴而自重，不热烈，不张扬，再怎样山长水远地涂抹，永远只是底色。

青是未能顶上红盖头入门的女子，就这样终身未嫁，静悄悄做了他一辈子的知己，与他隔街隔巷隔城隔生死，只能成为他浩瀚的想念了。

赵雅芝版的《新白娘子传奇》里，有个女人叫小青，我一直疑心她也是偷偷喜欢许仙的。旧戏里，多的是这样的情节：书生娶了闺秀小姐后，慢慢地将丫鬟也收进了房。想必这些一定少不了平日里眉来眼去的铺垫。

有一回查资料，竟知道在清代演出的《白蛇传》里还有"双蛇斗"这一出戏，那时的青蛇还是一个男人，爱上了白素贞，白素贞没有接受他的爱，于是他将自己变成了一个女人，做了她的丫鬟和知己，陪她来红尘爱恨一场。原来是这样……

无论爱的是谁，着青色衣服的那个女子，即使在浪漫传说里，也和我们一样，心在别处，化浓为淡，兀自寡欢。

青色算得上是颇有中国文化意味的一种颜色了，只是人们常记得的是喜气的大红与青花瓷器上的纯蓝。

青是落寞的。在晴耕雨读的风雅古代，位卑的读书人着的是青衫，寻常人家的女子裹的是青裙。

白居易的《琵琶行》里有一句："座中泣下谁最多，江州司马青衫湿。"

庙堂那么高、那么远，只有他在偏远的江湖里寥落，月夜酒后听一首琵琶曲，一袭青衫全作了揾泪的方巾。山河有多辽阔，寂寞的心就有多辽阔。浔阳江头的那一件青衫，在深秋的月下，愈见萧萧清冷了。

青是这样纯粹而孤寂，是悬崖背后无法流走的一泓清泉，独自映着天空和残月。

与你
在最美的词上
坐一坐

恬静 | 秦淮桑

好句精选

我们倚着栏杆看锦鲤，锦鲤嬉游于睡莲花下叶前，无忧无虑，乐尽天真。睡莲开着粉色花，花台上还盛着清凌凌一窝雨。

  晴时有雨，总想寻找彩虹，又总是找不到。但也并不觉得遗憾。记得有人说，"下太阳雨时，是狐狸女儿在出嫁"。狐狸嫁女儿，自然是件有意思的事情，所以彩虹是否露脸就变得无关紧要。

  约了朋友在御水温泉见面。打伞出门，雨点滴滴答答落在伞上，竟成了一支韵律清妙的曲，看似随心弹奏，不想这般浑然天成，听来舒心至极。

  走至半途，雨散云收，望远山烟岚缥缈，经风一吹，即袅袅娜娜，摇曳生姿，生无限情意。可惜我手中没有一支妙笔，能将那般景致细细描绘，作一幅水墨丹青图，送给久别重逢的好友。

因去得早，索性在西园许愿树下闲坐，听风吹过树梢，枝叶哗啦啦作响，不时摇下几滴清凉意，落到我的发上、衣上来。

抬头去看，只见那棵树高大庄静，叶子密密匝匝，间杂着嫩绿、青绿、浓绿、翠绿、苍绿、老绿、黄绿等几种颜色，这些鲜明活泼的颜色与灰黑枝丫上挂的红色绸布相映成趣，自成风景。

昔时怀揣心愿的人早已离开，期盼遇一人白首的美好心意却留在了这里。我望着那些新新旧旧随风飘拂的红绸布，心想：树如有灵，定能庇佑天下有情人终成眷属。

其间，友人打来电话，说她已下车。我起身穿过幽深的林荫小径，再穿过采蝶轩大堂寻去，见着她时，她已叫出我的名字，两人相视而笑。一别数年，再见依然可以一眼认出彼此，这种感觉颇为微妙。

我们倚着栏杆看锦鲤，锦鲤嬉游于睡莲花下叶前，无忧无虑，乐尽天真。睡莲开着粉色花，花台上还盛着清凌凌一窝雨。

我探身向前，可以看见雨窝里倒映的天光、云影、树色，还有娇柔纤弱的睡莲花蕊，那安静的模样，让人心有所动，忽想化作优哉游哉的鱼儿，去亲近水面清妍初开的一朵。

忽而风起，耳畔隐隐传来竹木幽咽声，循声去看，原来檐下挂了

与你
在最美的词上
坐一坐

许多竹风铃,风铃拙而朴素,经风一吹,竹管相互碰撞,发出清空邈远的声音,让人恍然,以为徜徉于竹林深处,满目幽凉。

我们赏花、观鱼、听风铃,任凭光阴闲过,自在欢喜。

过一会儿,我提议到温泉后山走走,她欣然同意。遂沿山径徐行,有蝴蝶引路,是那种"飞入菜花无处寻"的黄蝴蝶,忽上忽下、忽左忽右地,飞在我们身侧,仿佛是旧相识。

沿途杂草荒生,菟丝子缠住了小灌木,叫不出名字的野果子尚未成熟,我摘一颗扔进嘴里,嚼出酸酸涩涩的味道。

待我们登上山亭,回头去看,已不见了蝴蝶的影迹,想来它是趁我们不注意,悄悄溜进了哪片花荫树丛。

我们站在山亭边上俯瞰四野,只见山前树色森然,民居错落,稻禾青青,河水蜿蜒流过平畴;目之所及,无不显示出一派恬淡静谧的田园景象。

意静心闲,风飘飘而吹衣,耳畔松涛推来山野的气息,我回身和她说:"松树有种好闻的味道。"这种味道清爽洁净,比之雨后青草气及日晒稻禾味又是不同。

从山亭下来,我们路过一片荷塘。荷花开已尽,唯见莲蓬枯槁,垂头自怜,与半塘残损的荷叶惺惺相惜。禁不住心下怅然。八月初,我来时，还见荷花淡妆相迎。转眼秋光冷寂，丁酉年将尽矣。

看罢枯荷，再去灵源寺，踏进大雄宝殿，袅袅佛音入耳，已觉心清净，合十礼拜，无所祈求，或如鸭长明《方丈记》中所述："无所求，无所奔，只希望静，以无愁为乐。"

寺外乔木蓊郁，枝叶交叠，投影于壁上，有阑珊画意。

与你
在最美的词上
坐一坐

草木香 秦淮桑

好句精选

> 低眉咬断线头的瞬间,禁不住有些恍然,以为自己锁在香袋里面的,不是一阵幽淡素雅的草木芳香,而是一段柔软缠绵的人世光阴。

闲暇时,挑了簪花的棉麻布料,裁开来,密密缝着,以闲、以美的心思做一只香袋,便觉得时间仿佛慢慢慢了下来——草在风里结籽,薄荷散发着清香,水滴顺着绿萝叶尖悠然滴落……人心里有无争不扰的平和与宁静,眉间有清欢。

缝好香袋,又在里面一样样填入丁香、薄荷、山柰、杭白菊、艾叶草、藿香和石菖蒲,让它们独特的气息相依相缠,相依而不相斥,相缠而不相染,隔着一层薄薄的布料,透出来的依然是芬芳纯粹的草木香。

最后给香袋封口,一针一线,穿过来,绾过去,再打一个结。低眉咬断线头的瞬间，禁不住有些恍然，以为自己锁在香袋里面的，不是一阵幽淡素雅的草木芳香，而是一段柔软缠绵的人世光阴。

我想着艾叶草模样朴素，是清贫人家出身的女儿，她身上若隐若现的苦寒气息，令山柰着迷。山柰是个质朴的少年，爱笑，一笑就露出两排洁白的牙齿。那日上山砍柴，遇见艾叶草仰头打青杏，便走上前来，自然而然地接过她手里的长竹竿，青杏"咚咚咚"落了几十颗。艾叶草提着竹篮，俯身拾取，不一会儿，就捡了满满一篮子，"可以做两大坛子青杏酒呢！"声音清清浅浅的，真好听。山柰一听她说青杏酒，便忍不住微微醺然起来，索性躺在树荫下嚼着草根，闭上眼睛睡一觉，醒来已是凉月满天，山风灌满袖口。这时挑一担柴，踏着月色下山，一路虫鸣相伴，倒也不失趣味。到了山脚，远远听见自家狗叫，未及放下担子，它便兴冲冲地迎上来。正逢藿香舅舅端了大豆去磨坊，"怎么才回来？锅里还热着饭菜，快去洗手吃饭。"明明责怪他玩得不知时辰，听起来却那么温暖。

薄荷是丁香写在夏天初雨后的一首小诗。白描的几笔，勾勒枝茎，又兼以工笔细描，绘其脉络，再稍微润色，便成了一首隽永雅致的好诗。丁香把薄荷诗工工整整地誊抄在月白纸笺上，摆在案头，便有说不出的碧鲜可爱。闲窗畔，清风时来做客，来了也不拘谨，端起丁香

与你
在最美的词上
坐一坐

泡在瓷瓯里奉上的茶便吃；吃过茶，便歪在藤花影里，将一首薄荷诗读了又读，将诗中清美的意象念了又念，不胜喜欢。

而石菖蒲，他总爱策杖郊行，行到水流花开处，心无杂尘，往石边一坐，便成了画卷里仙风道骨的人，独守内心清凉地，静听流水鸣琴，自得幽趣。潺潺淙淙，一曲《幽梦影》，冷然深致；一曲《清香落》，听罢只觉清妙，余音绕耳，三月不绝。

杭白菊遇到石菖蒲的时候，他正俯身掬起一捧水一饮而尽，流水的弦"铮"的一声断了，涟漪一圈一圈荡漾开来。杭白菊看见自己碎在水面上的倒影，心便也跟着乱了，浣洗的白纱不知怎么就从手中飘了出去，顺水流走，流到山外有人家的地方，会有人打捞起来，裁作一片云挂在窗前吗？

我不知道。

我只知道自己喜欢这几味朴素无华的草木香。

我把做好的香袋放在床头，夜深时，合上手中书卷，往床上一躺，隐隐可闻见香袋里的草木香，纯粹、清淡的气息萦绕于身侧，令人心安。闭上眼睛，依然可以准确无误地辨认出哪一缕属于薄荷、哪一缕属于丁香、哪一缕属于艾草、哪一缕属于杭白菊……

素淡 秦淮桑

好句精选

> 沿湖风细细,风吹碎了白银,吹碎了荷影,吹碎了青螺,吹碎了云……我记得,我来过这里。

  景慧坊的杯子,洗净,摆在茶台上面,没有轻烟袅袅来渲染它们,也没有茶香幽幽来芬芳它们,只有素与雅的沉淀,让人觉得光阴与瓷有着与生俱来的散淡、清和、相宜静好。

  白的瓷,轻巧,光洁,细腻。瓷上绘青花,寥寥几笔,浓淡相宜,素雅相安。一朵花、几叶荷都似藏了静气,看起来这样恬美、淡然,这样秀逸。

  倒些水在杯里,愈发衬得瓷白水净。端一杯,水平如镜,不生波澜,明澈澈的样子,也不染尘事,也不惹纷争,如同雨过天晴,无风

与你
在最美的词上
坐一坐

自落的一朵云，清，而美，而悠，而淡。看得人仿佛也要淡成荷叶底下的一圈涟漪，碎碎地散开、散开，一低眉，一颔首，雨敛云收，看取莲花净，方知不染心。

不管市朝怎么喧嚷，不管红尘怎样如梦，我愿素心以简，心尖栖一颗白露，眉间憩一朵莲香，明净、清澹，以致远。

无事，只想做个素淡的人。

冬晨寒气清，可以姜丝、红糖和枣煮一碗糖水，捧在手心，隔瓷透出融融暖意，暖冬，暖胃，暖心情。

日长风净时，若是骨子里犯懒，倦于出门，便抄书、翻帖，读一则《人间词话》：

境非独谓景物也。喜怒哀乐，亦人心中之一境界。故能写真景物、真感情者，谓之有境界。否则谓之无境界。

清朗朗又念了一遍唐温如的《题龙阳县青草湖》：

西风吹老洞庭波，一夜湘君白发多。醉后不知天在水，满船清梦压星河。

"醉后不知天在水"，真觉醺然可爱，亦极有境界。

不知自己是不是也醉了，已说不清诗里蕴含着几分情致、几分深美，只笑那人贪着酒香清洌多喝了一杯两杯，不想竟醉上心来，眼也蒙眬，意也朦胧，早已辨不清天在水邪？水在天邪？

雨后初晴，换上小桃枝棉麻长裙，配蓝白格子轻纱衫和一双半旧帆布鞋，去湖边散步。逢人在岸边拍婚纱照，新郎俊朗，新娘子面若桃花，宜室宜家。心里想的是海子二十多年前写的一句"陌生人，我也为你祝福"，我也为你祝福，有情人终成眷属。

这世间的缘，原是十二画也写不完的一个字。

缘起，在人群中，我看到你，且以情深共白头。

多么美好的遇见。

沿湖风细细，风吹碎了白银，吹碎了荷影，吹碎了青螺，吹碎了云……

我记得，我来过这里。

七月，莲开时节，最先入了我眸里的一枝，亭亭立在岸边，擎着骨朵儿，听水响，听叶落，不笑不嗔。天欲雨，莲有心事，将开未开。

我只当她怀了些小小幽思，不开则已，若开，不定怎样曼妙生姿，不定怎样香远益清呢。

可恨光阴无情，一点点将荷催老、将情怀催老。

那清净净簇在水面的一枝、两枝、三枝……茎也枯了，叶也朽了，徒然生出一种萧索姿态，令人意兴阑珊。

与你
在最美的词上
坐一坐

倒是水葫芦不顾节令，乱嚷嚷长开了，一大片，铺在水面上，裁绿作裙，环水为襟，清灵秀气。

一时芳心暗许，犹嫌这身装扮素淡无华，自寻了情丝细细染色，粉粉的紫，少女心一样柔软，绣上青绿的裙、流水的襟，针脚要密，心思要浅，芳香最宜素淡。

自若
秦淮桑

好句精选

闲时有清欢,有自己小小的痴与喜,轻上眉间,轻易不与人言,这样的简净自持,像一株薄荷,向美向阳,谦和明净。

我写《生香》,那女子眉眼轻扬,惋叹着打开一把桃花扇,唱词幽婉。我只疑光阴瞬间都静歇了去,耳听不到喧嚣,眼看不见繁杂,只嗅得幽幽一阵清香,浅浅细细,幽邈,淡净,自若而绵长——

有人评"自若"一词:慧于心,是早已在心中打磨好的,镶在文字中,再无其他词可替代之,兀自生香了。若窗前飘雪,自然明丽,质朴素洁。

这一段,直印入心里。我写一篇文,写到月落霜冷,天色凉如水,最爱也不过"自若"二字。终有一人知我,足矣。

与你
在最美的词上
坐一坐

  自若——这个词真好。古人早有赞誉，"清水出芙蓉，天然去雕饰"。笔尖柔软清和的一些词语，像"瓷梦、阑珊、清美、孤深、散淡、生香、自若"，它们不是清水芙蓉，它们是盈盈于花瓣上的露珠，每一颗都有自己的颜色和样子。自若的那一颗，映照着人心的笃定和欢喜，格外悠宁。

  我写给白音的留言，便是美丽自若。

  想到白音，就会想到"月朗风清"一样的清澹幽和。他是几行小字就能温雅时光成锦绣的人。插花、裁纸、挑书、洗砚、种花、访友、泡茶、翻书、拆信、听风……闲时有清欢，有自己小小的痴与喜，轻上眉间，轻易不与人言，这样的简净自持，像一株薄荷，向美向阳，谦和明净。

  我深信，他无论走在人群里，还是独往孤深，内心都是自若美丽的。

  苗家吊脚楼依水而立。水的灵动，映衬着木的朴拙，可谓相得益彰。

  条石铺的阶梯，并没有被时间绣上茸茸青苔。石阶边上长了一株桂花，花开得散碎，不多，但已足够令人感知它的存在。

  好花若是开在深山，无人来赏，岂不寂寞？桂花是耐不住寂寞的，你打从它身旁过，不经意忽略了它的颜色，不要紧，它要你闻到它的香气，并且，如醉如痴。

读过雨里青山的一篇文章——《贮香藏愁》，她从文庙文玩地摊淘回两只漆器，乌漆的用来贮愁，朱漆的用来贮花，"春藏丁香，夏收茉莉，秋天自然是丹桂，冬月只容得下蜡梅"。那么一只古意沉欢的漆器，藏着世间至素至雅的香与清欢，捧在手里盘玩一时片刻，想来亦是十分美好。

这一株，是银桂，虽不若丹桂端妍馥郁，可我知道，它的美更为闲静悠久。

衣襟乱染花香，不由得生了兴致，拾级而上。小楼闲窗，没有帘，竹席子挂将起来做了帘，是比绸呀缎呀棉呀麻呀更有幽趣的。

午后阳光懒，打在竹席上面，只渗了一点点进来；风倒是勤快，凉丝丝地吹，吹得人一些儿困倦也没有了。坐在窗边，听风吹叶子落，而心怀自若，只想手边有壶茶，最好是普洱——大益七子饼茶，打开来，掰碎，阴凉处醒醒，捡一小块投进壶里，洗茶，冲泡，静置，霉霉的陈香氤氲满室……

与你
在最美的词上
坐一坐

| 禅静 | 秦淮桑

好句精选

> 莫名觉着发上簪花的姑娘抒情得像一首小诗，十分清美，而那朵初开的鸡蛋花，则是诗里最为纤巧清灵的意象。

    我抬头看了看门匾上庄严规整的三个字——楞严寺，随即拾级而上，见一僧人缁衣朴素，站在香炉前烧香，默默地又退了出去。

    寺外桂花仍在开，香风扑面。碎碎的小朵，颜色轻黄，腋生，并不繁密拥挤，却轻巧得令人心动。不禁凑上前去，陶醉地闻。会心之处，不必在远，而在一枝一叶一花间。

    不知是不是近着寺院的缘故，这株桂花格外幽清，无尘俗气，虽甜却不腻，一身素雅，云淡风轻，像寄北说的，"仿佛刚从月光里走来"。

    桂树旁边有一棵百年鸡蛋花，树形虬曲苍古，有枯涩意，若入得画来，不定怎样禅静、怎样幽独。

我伸手触碰着粗糙的树干，心想，它比外婆还要年长许多。岁月更迭，世事变迁，谁知它历经了多少霜风雨雪、多少世味沧桑，才得以修成这般泰然自若的模样，内心早已清明不染，遵从着时令的安排，抽枝、萌芽、含苞、绽放、花败、叶落……春秋来复去，一年又一年，等闲无事挂心头，日日是好日。

再看它时，目光里含了敬畏，仿佛它不是树，而是禅心入定、趺坐了一百年的僧人，没有分别心，视寺院草木如同信徒，悲悯仁厚，一如既往。

地上落花三两，我俯身拾得一朵，拈在手里，犹有淡雅香气，幽幽发散，令人心怡。

忽而想起那个先于蝉声消歇的六月，我在大理遇见的一个女孩，说不上惊艳，就是看起来很甜美。她往发上簪了一朵鸡蛋花，坐在小店内打着手鼓，跟着节奏轻轻哼唱，嘴角笑意浅然。

我从小店门前经过，刻意放慢脚步，旋律轻快的曲子使人心也变得轻快起来。莫名觉着发上簪花的姑娘抒情得像一首小诗，十分清美，而那朵初开的鸡蛋花，则是诗里最为纤巧清灵的意象。

低眉看着手中这朵：花瓣边缘早已悄然镀上仓皇之色，微微有些颓然。我走到玛珥湖边,松开手,花儿落到水里,浮于涟漪之上,似小舟,载着几许暗香、几许轻愁,从流漂荡,任意东西。信手翻开的这一页山水诗篇,鸡蛋花仍然是最为纤巧清灵的意象。

水里倒映的云影、山峦、树杪,皆沉静得像是睡着了一样。风轻轻从鬓边掠过,依稀带有山中草木清淡凉润的气息,闭上眼睛,深深吸进肺腑里,胸中烦倦顿时被洗涤一空。凝眸,却不见了鸡蛋花踪影,也不甚在意,心想:或许是鱼儿衔去了呢。

回身去看,楞严寺依然静穆庄严地矗立于云山之上,寺前桂树及鸡蛋花已然相识许多年。数里路行来,到了佛跟前,竟也没有进去拜一拜,便已转身离开,自己倒不觉得有什么不妥。世间许多事情,原也不必执着,随缘就好。

路边捡得白石子二三十粒,用纸巾包好,带回来,一粒粒铺在碗里,压着绿萝新的、旧的根。石上水流过,云流过,风也流过,清澈无尘,此时再看绿萝,更觉鲜碧可爱。又给青苔浇了水。青苔养在茶杯里,无垢无净,但有一种生之欢愉,使人敬重。

微博上看到青山的字:

> 径山寺印制的经书,总令人爱不释手,选取很好的底本,影印排印都很精良。拿到这样的书,不好好读一读,都觉得对它不起。

配图有三四只黄净明灿的佛手瓜。经书佛手，想想都觉得美妙。一行行读下去，墨香冲淡，佛手香清远，可谓禅静相宜。

　　也记得那年八月，去凤凰山寺庙里还了旧年拿的经书，下山途中，见有木头根部薄薄敷了一层幽绿的苔，一两片枯叶栖于其间，心里蓦然生出"山静似太古，日长如小年"之感。

与你
在最美的词上
坐一坐

| 寂寥 | 秦淮桑

好句精选

我在一户人家的石阶前坐了很久。等谁呢？谁也不等，等清风。

  天阴，风大，披了薄衣出门，坐车去老商埠，买几个小茶杯，又去了闲雅书屋，一屋子旧书安然稳坐于木头书架之上，见人来了也不惊不慌，倒是和初见时一般慵懒散漫。

  不知为什么，站在这一屋子旧书中间，人心就静了，静得能听见陈年墨香在指尖上开出花的声音。挑一本《唐诗绝句》，再挑一本《容斋随笔》。《容斋随笔》是中华书局出版的竖版繁体书，随意翻看，恰见"甘蔗生于南方，北人嗜之而不得。魏太武至彭城，遣人于武陵王处求酒及甘蔗。郭汾阳在汾上，代宗赐甘蔗二十条……"一笑，魏太武此举可爱至极。

幼时家中小园亦植有甘蔗二三株，主人未尝，已先叫贼子惦记，也是无可奈何的事情。想来甘蔗甜美，路人皆知。

结了账，抱着书折进一条小巷，发现小巷深处屹立着一些民国时期的老房子。老房子处处彰显着某种久远而陈旧的气息，旧门旧窗旧台阶……

唯有门两侧贴的手写春联较新一些，红纸黑字，一年一换，年年喜庆吉祥。"润泽万物气象新，天地和谐风光好。""天增岁月人增寿，春满乾坤福满门。""和顺一门有百福，平安二字值千金。"皆有美好寓意。

更可喜的是，这里几乎家家门前都种有一些形色清朴的植物：薄荷、艾草、长春花、灯芯草、龙船花……

我从人家门前经过，总免不了要停下来唤一唤她们的名字，低低的一声，仿佛唤着一个人。她听见了，不应声，只是颔首，微微一笑，笑颜温暖和煦，把人的心情也感染得舒畅起来。

记得汪曾祺写在《人间草木》里的一句：

> 如果你来访我，我不在，请和我门外的花坐一会儿，它们很温暖，我注视它们很多很多日子了。

见不到要见的人，至少还有花可看，这样一想，便觉得心生暖意。那个种花的人，他必然热爱生活，懂得欣赏一些朴素美好的事物，也懂得以花以草慰藉人世劳顿奔忙的一粒素心。

我在一户人家的石阶前坐了很久。

等谁呢？

谁也不等，等清风。

"穆穆清风至，吹我罗衣裾"，这是汉乐府诗里的一句，念起时，眉间有喜色，像七月黄昏，去给花浇水，发现茉莉又开一朵；也像三月清晨梦中有雨，醒来看见窗台茶杯里养的几粒白石结满小水滴。

只是，不知"穆穆"二字作何解，问白音。白音说："和煦美好。"又说："那时的诗太古老，好多词现在极少用了。"

它们可能会失掉自己的本义，渐渐地，不被提起，就像夹在旧书里的一片薄薄的白月光，也像幽深巷落里青苔暗生的青石路，无人问询了，又有什么关系？

那冷然月光辉早已融入书里的每一行、每一字，那悠长悠长又寂寥的青石路依旧回荡着行人不疾不徐的跫音，而那流荡了两千多年的穆穆清风，今又裹挟着素淡花香来到我身前，盈满襟袖，让人心软软的，醉了又醉。

于这样浅浅细细的香风里抬起头,却见对面有一栋红砖房,久无人住的样子。使我惊叹的是,房顶墙头竟然长了一棵树,根须长长织下来,铺了半面墙,不讲究章法,因此显得潦草而随意。

我想,这棵树,定是屋主人临近离世的时候栽下的,他知道,留下一棵树,房子就不会寂寥。

因为某一天,会有一朵懒慢的云在屋顶上停留,会有鸟来筑巢唱歌,会有穆穆清风至,还会有痴心人打从他门前过,呆呆地看一眼,再看一眼,然后离开。

与你
在最美的词上
坐一坐

简净 康娜

好句精选

> 穿的衣一定是素色的,干净浅淡的棉布衣裙,面不施粉,衣无环佩,没有张牙舞爪烈焰张扬,一双素履,去往红尘深深处。花红柳绿里,自有眉清目秀的跳脱。一定是这样了,因素净,而天下莫能与之争美。

"简净"两个字,有一种凛然的美,让人想起青花。

细腻精准的勾勒,浓淡恰好的转笔,缎玉白打底,青凉花做衣,釉滋润柔和,抚之如绢,那种风日飒飒的仪态、简明扼要的质感、明净素雅的风采,即刻飘到了心的高处,再也落不下来。

青花,可与花交融,与水交融,与文字交融,与书画交融,空灵剔透,简到极致,净到极致,大美也。

料峭风里,一枝瘦梅旁逸斜出。相比别的花,她开得有节制、有分寸,不任性放纵,也不媚俗攀附;她算不上丰腴,霜皮藏玉骨,疏淡阔朗，散出淡淡的清芬。不论是在这树上，或是折回插于瓶中，一根老枝、两三朵闲花，就那么斜斜地飘了出来，清冷孤高，像是在守着些什么，也许是寂寞，也许是风骨。

阳光打在窗台上，轻轻翻一本泛黄的书，读一篇干净而有力的文字，没有诘屈聱牙、虚张声势，用字到省俭，减无可减，质而实绮，癯而实腴，文简意丰，真水无香，简洁直白却深入人心，其韵绕梁三日，无穷无尽。

择一旧居，不必屋宇恢宏、客若潮涌，仅有一处干净清爽空旷的小院，看得见青砖灰瓦、绿藤掩映，赏春花、秋叶、夏雨、冬雪，把水看明澈了，把山看明快了。在如水的夜晚，沏一壶老茶，慢慢地品，品至无味。

简净，是一种摒弃和隔绝。简净的人，离红尘越走越远，离自己越来越近。简净时，闭上眼，能听到蜜蜂飞舞的声音、草芽破土的声音、花朵开放的声音。"君看今年树上花，不是去年枝上朵"。花开了千百次，却不再是从前的那朵。一个人，从繁华到孤寂，从热闹到清冷，生命的本色终将归于简净吧。

书法讲"拙者胜巧，敛者胜舒，朴者胜华"，风格要朴实无华、干净利落。画亦如是。赏吴冠中先生的画，清淡明净，不杂尘浊，小

与你
在最美的词上
坐一坐

    小尺幅，寥寥数笔，远山、枯树、清水、倒影，黑色的线条，勾勒出一幅幅寂寞空灵、拙朴萧散的万壑千山，意趣无穷。

    亦灯下临楷。非行书的流动放纵，也非草书的笔走游龙，骨涵于中，筋不外露，一横一竖都有分寸，一撇一捺都是日常，规规整整、法度严密，绝不潦草、粘连。如此低调和隐忍，也只有人到中年以后才能体会。

    这个年纪，不再喜欢大红大绿。穿的衣一定是素色的、干净浅淡的棉布衣裙，面不施粉，衣无环佩，没有张牙舞爪烈焰张扬，一双素履，去往红尘深深处。花红柳绿里，自有眉清目秀的跳脱。一定是这样了，因素净，而天下莫能与之争美。

    光阴呼啸而过。所有的热闹，终究会过去，明晃晃的月光落下来，只留下风骨和枝丫在风中挺立。"千山鸟飞绝，万径人踪灭，孤舟蓑笠翁，独钓寒江雪"。一小舟，一蓑衣，一斗笠，抛却俗世繁杂，心简净了，可钓一世清欢，钓一份尘世中的清喜。

    简净，是半世尘缘里修得的风姿气韵。简净处，草枯花落、风行雨散，千沟万壑汇入清流，自有禅心一壶。

素 冯炜莹

好句精选

因为素，故而清雅，故而纯白，故而简静，故而删繁，故而无大喜大悲，故而不易怒乱争。

不喜锦书，不喜花笺，也不喜鱼雁、桃符、简札。

遗我双鲤鱼，中有尺素书。

一方柔白绢帕展开，苍劲而深情的字迹、古朴的心事、无尽的相思，被一字一句放在心上。

尺素尺素，半尺素念，半尺锦时，清明如梨白柳深青。

读到一句诗："闻多素心人，乐与数晨夕。"

绢帕里裹着一整颗素素的心，愿与你数着花朝月夕，同你住白屋炊香饭，同你采果折松枝。

蒹葭苍苍,白露为霜。所谓伊人,在水一方。

霜雪是素的,溪水是素的,蒹葭是素的,白露是素的。

情意也是素的,一心溯游从之,追逐到水中央的土洲上。

一别如斯,落尽梨花月又西。

花是素的,香是素的,月是素的,人也是素的。

连离别都是挑在素月白花的地方,定情都是清素的镯子,如此,念想也会是净雅的。

日照三千户,户户栽花,宅门槐花深一寸,寸寸似细雪。

家中老妇人生灶火,老人挑着担子,沿路吆喝着卖槐花饼与茶。

晚来落花,老人匆匆归,老妇人盛了粥,递上一杯养身安神茶。

吃着粥,读着报,喝了茶,听听曲,而后安眠。

屋外悄悄,夜悄悄,风悄悄,槐花悄悄。

暮年日子世俗,也是素。

一心一意爱一个人。

一心一意地,春踏青,夏赏荷,秋垂钓,冬听雪。

《晚来寂静》里说:"一个少年闻起来,像雨前的月光。"

雨前的月光,像少女的裙裾,像茉莉的花瓣,像绰约的诗句,像清亮的双眸,像年少纯净的光阴。

世间所有的好，都是素色的。

因为素，故而清雅，故而纯白，故而简静，故而删繁，故而无大喜大悲，故而不易怒乱争。

此生只识素心人，读素心词，赏素心花，素心度日。

因懂得，好年月，素时光。

与你
在最美的词上
坐一坐

半旧 | 冯炜莹

好句精选

> 我很欣赏半旧的人，因为他干净温婉，因为他不惧风霜，因为他经年气韵犹存，因为他只会老去，却从不沧桑。

半旧的物，承载了故事，总也厚实稳重，清润妥帖，像一盏凉了半截的茶，不烫口了，依旧清清地香着；像一壶陈了多年的老酒，旋开坛子，一闻便醉醉地倒下。

半旧的物，料子要上佳，才经得起日月反复来回地消耗；否则，半旧的时间短，一下就成了丢弃物。

半旧的物不及新物的清妍夺目，却有历史的根基与底气的积淀。好比那一方奇闻名作起于此的古砚，磨损得半老不新，可因映照了古人内心清愁而古韵盎然，受文人青睐。好比那烈火初生的青花，唐代的用来插花，元朝的用来藏酒，明清的用来倒茶，此中客以为赏的是唐花，饮的是元酒，吃的是明清茶，专心地一轮光阴一轮光阴去游览。

半旧的物，在时间里最从容。它不会新得高调，又不会旧得落魄。它沉稳得如老人，内秀得如才子佳人，经得起推敲，经得起端详，存在得有味道，让人宁神温心，怀念于从前，心悦于当下。

出嫁时，女子亲手绣绮、洗练、织锦。并蒂莲荷包，戏水鸳鸯枕，连理枝棉被，一针一线缝缝补补。多年后再拿出来，看那已然半旧的嫁妆还有初时衣皂香，仿佛又回到新婚燕尔，黑发许白头之时。陡然回看着眼前人，幸好这心上人还在身边啊。

母亲将我儿时戴着的一双银镯铸成桃花银镯，再为我戴上。她说，从前就见我手上挽着，长大了，也还舍不得看我摘下。继而取出旧时的两件红色旗袍要我穿上瞧一瞧，缓缓叹，虽然不舍年少的远去，却更欢喜于我的成长。

半旧的物，究竟可以珍藏多长的光阴？

那落了淡淡尘的棋盘，那断了一根弦的马头琴，那烹过许多次茶的紫砂壶，如今翻出来，邀人再来对弈几盘，邀人再来弹拨几曲，邀人再去煮上几回茶，会不会白首人重回少年时？

有半旧的物，自然有半旧的人。

与你
在最美的词上
坐一坐

　　半旧的人，寂静芬芳，清远儒雅，过得心清境悠。

　　天水山木都清的日子里，郑板桥的《墨竹》题句引着我走入一方半旧的情怀里——

　　茅屋一间，新篁数竿，雪白纸窗，微浸绿色。此时独坐其中，一盏雨前茶，一方端砚石，一张宣州纸，几笔折枝花，朋友来至，风声竹响，愈喧愈静，家僮扫地，侍女焚香，往来竹阴中，清光映于面上，绝可怜爱，何必十二金钗，梨园百辈，须置此身心于清风静响中也。

　　这样风清月白的气象，妒煞现今人。扬州板桥无事静坐，煎茶焚香，扫地浣衣，将日子过得半旧不旧，倒是比现人的灯红酒绿要来得有气质与底蕴，有深邃质感。

　　如同陈继儒，也在他的《小窗幽记》里，净一室，置一几，陈快意书，放旧法帖，拭古鼎，挥素尘，小倦便休于竹榻上，饷时而起则信手写几行小词，随意观数幅古画。"心目间，觉洒洒灵空，面上俗尘，当亦扑去三寸。但看花开落，不言人是非。"半旧的人，种花一般种着枯淡却幽清的光阴，气柔息定，任人钦羡不已。

　　半旧的人，是一声深谷幽响，山峦中最青的那一座，窗花上最美的那一枝。眉上几分愁，且去观棋小酌；心中多少乐，且去毛笔书写。

把最深的情，用黑的墨、软的细毛，一笔一画书于线装书上，像缝补着一件送给心上人的绣帕。

我很欣赏半旧的人，因为他干净温婉，因为他不惧风霜，因为他经年气韵犹存，因为他只会老去，却从不沧桑。

岁月长，衣衫薄。但有了半旧的人、半旧的物，时间的内里被层层地堆厚了，叠作青山，叠作积雪，叠作杏花阶，给后来客簌簌地翻、痴痴地读、温温地赏。

若可，则做一个半旧的人吧。

拥几件半旧的物，居竹篱茅舍，或石屋花轩，旁有松柏群吟，以好香熏德、好茶涤烦，点老式香炉，闲时书几卷簪花小楷，忙时方可续一壶酒，偶来抿抿嘴，舌上有半旧的香。

与你
在最美的词上
坐一坐

悄悄 沐尘

好句精选

任窗外是清风明月，还是凄风冷雨，我心伴你悄悄；任你开满桃夭而来，还是落红般薄凉而去，我心都为你悄悄！

无意间读到张玉娘的词："山之高，月出小。月之小，何皎皎。我有所思在远道。一日不见兮，我心悄悄！"

读罢，只觉词在纸上作了一幅立体的画，人不知不觉已移步画中，踏着沉寂在词里近千年的夜色，走进深深的庭院，望着那山高月小，直抵心上悄悄。爱极了悄悄！

这悄悄，是随风潜入，无声无息；是白雾腾起，湿湿凉凉，难预难料，难解难消；是一株草，偷偷地从缝隙中钻出来，长得没有道理；是一朵花开，私下暗香涌动，恣意地掀起香息如潮；或是，晨起窗外不知几时洒满了一地的落红。

只一往情深，无从究其缘起。

隐隐约约，深深浅浅，起起伏伏，兜兜转转，那些难画难描的女儿心事，只"悄悄"二字便尽皆担起。

任小桃夭夭，夜雨芭蕉；任鹧鸪天，凤求凰；任大雁悲秋，杜鹃啼血。那些爱的长吟短啸，情弄弦瑟铮铮，不抵悄悄！

光阴悄悄，词在光阴里悄悄着，然光阴终不负悄悄。无独有偶，千百年后，又是一位诗人的"悄悄"，连夏虫也为之沉默！他的诗句，像是在给悄悄做最美的诠释："悄悄的我走了，正如我悄悄的来；我挥一挥衣袖，不带走一片云彩！"似深情地凝结在红尘里晶莹的白露，"悄悄"，是他们只有两个字的归去来兮词！

两首千古绝唱的"悄悄"不期而遇，无须较高下，看似巧合，实缘情深。这是情与情的邂逅、爱与爱的灵犀。这最深的情啊，原是悄悄，只是悄悄，任光阴流逝，永恒而在。

如此，任窗外是清风明月，还是凄风冷雨，我心伴你悄悄；任你开满桃夭而来，还是落红般薄凉而去，我心都为你悄悄！

明月皎洁，相思一阕，我心悄悄！

第四辑　做个韵脚，与你成两行

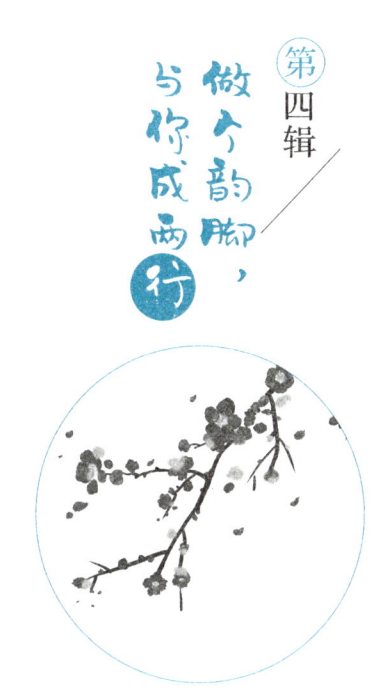

天气那么好

最美莫过于和你

坐成一个最美的词语

人间那么好

最美莫过于和你

走成两行最美的韵脚

与你
在最美的词上
坐一坐

好雪烧茶 | 白音格力

好句精选

> 能走在青山绿水里，就可遇见春风抚琴人；若识得片片好雪，自然可相逢深雪烧茶人。人一生，总该有一些深情，当如是，一笺春风挽眉，片片好雪烧茶。

　　我想过很美的两幅画面：一是青山绿水，有竹，有如水的琴音，石径闲散，无人来，却听到脚步声，一声声里，带着花香；二是雪落四野，草亭烧茶，天地一白，茅草厚敦，茶香暖火，偶有几片好雪，飞入火中，或落进正沸的水里。

　　这样的画面，还缺了一个人——抚琴的人、烧茶的人。这个人，换下繁世的装，卸下尘世的容，内在天地，自有洒然。

　　或者是一个古典女子，着一袭白，几分出尘。青丝墨玉，绾飞仙髻，发间几枚花影，清清凉凉，是停落的蝶。抚琴，或饮茶，低眉，或浅笑,都是人间绝色。

或者是一个温良的男子,朴素着装,逸兴而来,立白雪,烧香茶,蔼然神色,眉宇清澈,是忍惯苦寒,安于淡泊,举手投足都尽是自在。

而这两幅画面第一个易求,因春好处,总有人带一颗喜悦心来。见青山见绿水,见竹见风,自然也会被拨响心弦,一弦弦的美,铺在山径,你每走一步,都会落下花香。

第二幅画面不易得。深雪山中,美是美,能去得了的人却不多。闲情是有,只适合窗前看雪落白世界,或落满小径,片片好雪,知是尘外清凉世界寄的信来,安享那份静谧而清宁的时光,便是美意了。

能踏雪进山,无梅却也无悔,一定是因为心已开了梅花。相比踏雪寻梅,深山片片好雪烧茶,是另一番雅趣。

踏雪寻梅也好,湖心亭看雪也罢,是画的美,静态的美。而烧雪煮茶,则有了点儿忘乎所以的大欢喜了,就如吃雪的人,就如雪地里打滚成雪球的人,是恨不得一脚踏进那一个冰雪世界一般。

能在深山里,片片好雪烧茶,自然有天然之趣,也自然可享天然之清香。

垒一石头小灶,置粗而朴的瓦罐其上,火舔着罐底。片片好雪,不疾不徐而来。一片、两片、三四片,刚入罐口,就倏地不见,也不见罐里有雪水，烧茶人也不急，天色未晚，与漫山的大雪还有许多话要说，就慢慢等着。

我不知这样任天撒片片好雪入罐成水需多长时间，但我相信，深雪烧茶人是不会管的。

我在老家的山野里架起这样的火，只是没有瓦罐，不曾烧过茶。雪吻上火，火吻上雪，就那样天地之间空白无人，只有那一场在我看来诗意的火，与诗句般纷纷行行的雪，映着那一方小天地。多年后回忆，似光阴烧过茶，约过故人，来品来谈笑。

今人也有此痴者，曾看过有人用三十三大桶雪煮水烧茶，配了图片，言说"这可不是刚煲的大米饭，也不是白糖，是即将与茶结缘的雪花"。好个"与茶结缘"，他懂得那好雪烧茶之趣之味。

以前看有人说当今许多画者心无诗意，题不出半行好句，那画也就可见一般了，成不了什么。我虽不懂其中的奥秘，但这番话是不无道理的。所以，若无爱雪入心，无有冰清玉骨，哪品得出好雪烧茶的味道呢？

那个烧雪煮茶的痴人应是当之无愧的痴人的，他说雪水沏茶，茶香透彻，滋润口角很轻盈，流进心灵很舒坦，也很禅意。并赋诗曰：家有雪花水，烹茶邀道君。共品清香味，笑谈江南春。

那雪水茶,是好茶;那痴人,是好雪好茶人。

唐代庞居士那句"好雪片片,不落别处",直是禅宗中最美妙的故事之一。眼睛清澈了,能见好雪一片片入诗入画更入茶;心喜悦了,天上所有的雪,都是为你落,别无他处。

所以,能落一身,披一身雪花,落入火,烧一罐茶,都是好雪片片。

我们何曾不是可以与雪与茶结缘的人呢?只是我们身披名利不知去向的时候,并不知身披雪花的美,更不知那烧雪煮茶的清淡之味是何其美不可言。我们在煎煮的人海里迷失的时候,才看不见雪映梅花落在春风笺上的诗句,闻不到雪入火生茶香的世外芬芳。

能走在青山绿水里,就可遇见春风抚琴人;若识得片片好雪,自然可相逢深雪烧茶人。人一生,总该有一些深情,当如是,一笺春风挽眉,片片好雪烧茶。

与你
在最美的词上
坐一坐

自放春风 | 白音格力

好句精选

> 人在世,自放春风,是从心底,关怀别人,予人慈悲,存爱心、行善事,宽容、理解,内在柔和。自放春风,是人生之境、生活之禅;自放春风,屏山献青,画峦滴翠,小桥流水,自成人间。

今冬大雪天气,去深山小村看我喜欢的老杏树,黢黑苍劲的枝干,御风披雪,忽地心下一暖。这些枯寂的枝,曾在初春开一树树的杏花,整个村子也简直开成了一座春天的城,沿溪路蜿蜒而行时,那一枝一枝的杏花,好似要飞出枝头,拂人一脸的春风。

我是极其喜欢这个小山村的。因为在这里,家家守着一棵老杏树,过着朴素生活。那一树树杏,门前的,溪边的,安闲地开花,有竹相伴,有三面的山松相陪。

在这里,竹宜著雨松宜雪,最是入诗入画,而花可参禅酒可仙,让人一走进来，就恨不得每日闲散于此，过禅意、过神仙般的生活。每年开花时节有游人来，也是闲闲散散地走着，看看杏花，消磨半日好时光。

而冬天无人来，小村很静。我一棵树一棵树地抚摸，是细细的叩门声，杏花一定能听到吧。走了半天，要回去时，回头看雪中老杏树，总觉得我一转过头去，花就开了一枝又一枝。

回来时，在日记里写了一句：花枝待喷花，自心春风软。

明代陈白沙《六月十夜枕上》一诗颇有滋味：岁岁与年年，几见春秋过枕前。有时自放春风颠，尧夫击壤歌千篇。大醉起舞春风前，碧玉不知今几年？望望衡山眼欲穿，世卿兹来何延缘！

陈白沙不为当下大众所熟知，但我很喜欢他的诗。他的诗里有一派天然之趣，存开阔心境。诗里少忧少愁，多的是野兴横生，乐以忘忧的心情。

所以，在他这一句"自放春风颠"里乐而忘返，好似参加了一局宽怀畅饮的好宴席，看到许多东倒西歪大醉起舞的诗人，在春风里，乐且陶陶然。

我欣赏这样的境界，窗含一丛竹，能自得其乐；心守一炉香，能自得其静。若人生苦寒，大雪纷飞，亦能枯守心下之境而不自弃，亦

与你
在最美的词上
坐一坐

能于一枝上自放春风，不困顿，更不会寂冷含悲。

记得一次为某画家办画展，要为几幅画临时起名字。我静静地品味着每一幅，凭第一感觉，起了一些妥帖又稍雅致的名字。唯有一幅，一树冬枝，在一片暖色调里，感觉很特别，好像没人如此将墨用得那么疏淡枯寂，我一时愣住，也无好名相送。

很久以后，偶然想起此事，脑海里想到"自放春风"，最是妥帖啊。不由得会心一笑。

人的身体有枯枝期，经历大痛大悲、大是大非的折磨，身体便会在一段时间里枯了。这时，外界的一切美好、别人的劝慰，都不是良药，唯有自己心底生生不息的信念、坚强才是自救之道。这时，只要有自放春风的能力，便可从悲痛中走出，怀宽容、柔和、理解的心意，身体才会逢春绽绿。

人的灵魂也有枯枝期，缺失爱，缺失美好，只有痛苦、怨恨、沮丧层层包围，人的灵魂便枯竭。这时更需要自放春风的能力，坚定、执着、温暖，从而从自我中寻求能量。

人一生难免遇到坎坷、磨难与不幸，试着自放春风，其实并非难事，只是看你内心是否愿意去尝试。走投无路时，遇地棘天荆的人生困境时，不妨停下来，不急不躁，不迷失，不自弃，车到山前，就自放春风铺路，内在安稳、从容，面带温和；生活不如意、人生兵荒马乱之时，不妨退一步，退到欲望之外，退到争斗之外，清一分，静一分，自放春风看世界，看到的是另一番景象。

人在世，自放春风，是从心底，关怀别人，予人慈悲，存爱心、行善事，宽容、理解，内在柔和。自放春风，是人生之境、生活之禅；自放春风，屏山献青，画峦滴翠，小桥流水，自成人间。

与你
在最美的词上
坐一坐

纸上幽居 | 白音格力

好句精选

> 山间、人世、云里、纸上,皆有幽居处。幽于居处,林有泉,白云流水,鹿戴野花,清风为侣,年华配诗酒,一怀软香轻红。

一首诗,在纸上过完一生;一张纸,在书里过完一生。云烟都起于一张洁净的纸,小桥架在上面流水,江南搬在上面烟雨。

这是我能想到的最天真的幽居。因为住在钢筋水泥里,还要住很久,坚硬,没有温度。在我的日常里,软的东西,除了眼见的草木、云朵、流水、月色外,就是一个人的心肠和一张张的纸了。

纸是软的,因为纸上有诗和你去不了的远方。

我是极喜欢幽居的。一直想写幽居这个主题,却因爱之深,总不敢下笔,总恐笔力瘦弱,像少年,裹在白衬衫里,被风吹散。

写至此，想到方文山作词的那首《菊花台》，已是十几年前的歌了。当时独爱其中一句"我一生在纸上，被风吹乱"。

也恰在那时前后，我开始了我这一生的纸上幽居生活。方文山用了一个"乱"字，我换作了"散"，或许是因为我总觉得，我是一团云之类的，风扯一片片，东一块，西一块，我找不到完整的自己。

幽居让我安定，让我精神完整。

自然无法抛开一切不管不顾长居深山，或者不够坚贞、不够勇敢吧。不怕任何苦，不畏任何险阻，我只是没法把自己从尘世里带走。

于是，就在纸上，在纸上幽居。

其实，想想在高中时，我就幽居于小山了。不对，那不叫"幽"，是逃，带着孤绝与年少的轻狂。真正算得上幽居的开始，应是那次酒后去山里，于一树林幽静处，朋友在尽兴嬉戏，我却因酒量差，醉了，睡在林间。曾记录过此事，永远也无法忘记。那一觉，是我人生最美的。

其后很多年里，偶寻闲暇，避开世俗，一人涉足大大小小的山，行走，攀登，但总会找悠然处停下，午餐，小睡，或思考，一个人在山里住三两小时。

古时幽居处，避世有深山，空山松子落，云深不知处；闹世亦有幽清处，清风两窗竹，白露一庭松。

与你
在最美的词上
坐一坐

　　看《帝京景物略》里有记北京右安门外南十里的草桥，桥跨凉水河。河为当年宋、辽界河。明时，草桥为众水汇聚处，"方十里，皆泉也"，让人一羡。这还不够，还有"土以泉，故宜花，居人遂花为业"。想想这沿河十里，居者皆种花过生活，再惊羡。

　　此《草桥》篇详细记录了一季一季所种之花，只读那些花名，仿佛就在纸上去了一回，便觉眉眼唇间都落了花香。再想想，人若是居于此，天下事，不过是眼前的花事，两耳声，只识得的唯有花声，幽清清地活在这世间，于世少了纷争，更少了争吵，是多么幸福的事情。

　　我在那一页上写了一句"一生落得几肩花"，是自问，也是提醒。提醒自己，不忘保护好一颗洁净的心，只为了有一天，能走进这样的幽清处，与尘世小别几日。

　　幽居比隐居好。隐有逃之嫌，幽是自在心。隐是动，幽是静。

　　韦应物有《幽居》诗，其中有四名："微雨夜来过，不知春草生。青山忽已曙，鸟雀绕舍鸣。"幽居的人，不知微雨来，不知春草生，青山晨光，亦不用作安排，自然醒来听鸟雀。所以，格外喜欢"微雨"句，这才是幽居。清代宋宗元评此二句是"天籁悠然"，真好。

　　最久负盛名的幽居当数贾岛《题李凝幽居》，访友人李凝未遇，一路的景，一派幽趣，草径、荒园、宿鸟、池树、野色、云根，可见此友是何等享受，绝对是幽居的代言者。"鸟宿池边树，僧敲月下门。"未遇友人，友人去哪里了？贾岛不知，历史也不知，这真是妙啊。要我说，这才是幽居者。

元代张可久的《醉风东·幽居》里有句："脚到处青山绿水，兴来时白酒黄鸡。远是非，绝名利，腹便便午窗酣睡。"好潇洒，好逍遥，更是好兴致。只有享受到幽居之妙，才会更深地领悟到，脚下青山绿水，是多么简单的诗意、简单的欢欣。如此，有了兴致，对着一山的风，或月，白酒黄鸡，吃得尽兴，喝得痛快。因为远离是非，与名利绝交，行坐间处处是自在，自然午窗下一躺，便可睡得酣畅。

当然，古人有些"幽居"实在是无奈之举，比如杜甫《佳人》诗中所记，"绝代有佳人，幽居在空谷"。诗写的是战乱时被遗弃女子的不幸遭遇。如果只是欣然而居，佳人空谷，那该多好，花色染眉，烟霞拂衣。所以，诗中一句"在山泉水清，出山泉水浊"，叫人不禁惆怅。

好似写的也是我们，熙熙攘攘里穿过，见得风清月朗，再一回头，就是万丈红尘，卷土而来。不是一定要人人幽居这样的空谷，怕的是，心中被塞满，爱恨、纠葛、怨愁，一样一样，塞进来，垒就不可翻越的墙，围隔起茫茫的岁月。

与你
在最美的词上
坐一坐

    我是常往山里去，携书携酒草木遍访。一次去深山辗转，整整坐了一天半的车，在深不见人烟的山里，在唯一一条促狭的土路上，一路颠簸，不觉辛苦。到了，见那掩映茂密林间的屋舍小院，顿时竟有一种回家的感觉。再出山，因不通车，用了三天的时间才走出那一座座、一片片连绵不绝的山。

    其实，大多时间，只能在自己的尘世里辗转，所以我更倾向于纸上幽居。纸上山泛黛，或染一片红紫纷纷，又或飞瀑溅玉，流泉淙淙，鸟鸣澈澈，会心处，你已是画中人。

    于山中，遇孤亭，遇落雨，遇梅萼清细，或桃开四野，甚至什么都不遇，你走着走着，就落心为宅，你亲手筑了篱笆，染上花色，围起一院子的月光、虫鸣。你觉得，哪怕只这样在纸上住过一回，这一生，也值了。

    也许纸上只是一行诗句，或者几个字，你会突然觉得，那是你一直在寻找的日月。

    你不觉陌生，亦不觉唐突，更不觉荒唐，它早就在那里，就是为了你，为了与你来相见、相认。你突然感觉，心动了一下，好似活了那么那么多年，你从来没有这样的一动。一霎，仅仅是那么一霎，你便认定了，就是这里，你应该属于这里。

在你喜悦的一张纸上，杂树生花，青瓦落霜，流云回风，烟停半山，人生里的大悲大喜皆可放下，生命中的小情小爱亦可抛却。只愿在这样一张纸上，打开新鲜的笑容，打开新的家门，走进去，就那样一步一青草香地走进去。

关上门，你知幽居于此，澹静于此，便心满意足。从此，松老柴门闲，新晴一窗山；落霞花色静，月白无人喧。

幽居于诗，幽居于画，都美。在一个人心中幽居，更是美。我们可以有这样一张纸，质地洁净，如此，纸上会起风，会流泉，会落下花香，会飘起月色，会迎面走来一个人。

仅仅是那样一遐想、一神思，你便眉眼起涟漪，花开千层树。比之你在一张纸上写满岁月的沧桑、记满恩怨仇恨、涂满名利得失的千万条路，你幽居的那张纸，千金难买，恩重如山，慈美芬芳。

我是如此坚信着，这样的一张纸，很珍贵，它起于草木，而又生草木。我也知道，我们能幽居的，又何止这样一张纸。只要你有愿，心中有境，眼里就有地址。

是的，山间、人世、云里、纸上，皆有幽居处。幽于居处，林有泉，白云流水，鹿戴野花，清风为侣，年华配诗酒，一怀软香轻红。

与你
在最美的词上
坐一坐

忙眼 白音格力

好句精选

> 我的眼睛要忙的,自然是那些花好月圆的结局、那些浮光掠影里的一次真实的牵手与拥抱,更多的,是要为一草一花、一茶一书而忙。

忙眼,这个词是我们家乡的土话。你可能不懂,没关系,我举个例子给你听。在语境里,一般是对一个人恨铁不成钢时说的话,比如:"忙眼你就这样了,不求上进。"意思就是说,眼看着,你就那样了,没有什么出息了。

现在的我,表面看,写了很多所谓高雅一点儿的文字,其实在我的内心里,我还是崇尚原始的、传统的人与文化。

所以,偶有一天,听到家乡人说到"忙眼"这个词时,我一愣,便禁不住开心地笑成一朵大大的花。

除了家乡话外，我突然觉得"忙眼"这个词真的是很有意思的。

你想想，一个人的眼睛忙着，忙什么呢？

忙着十块、百块、一万块，为生活计；还有人忙着一个小目标"一个亿"，拼命地忙着，也盲着，因为他眼里只有钱。有的人忙着家常的饭、家常的情，他的眼睛里，清着，亮着，像一个与世无争的高僧，又蔼然可亲；他的眼睛里，只有另一双眼睛。也有人忙着自己的喜悦事、一个本子里摘抄的句子、一方小园里开辟的春花秋月。更有人忙着行在尘外的林中，鸟鸣如水，水流如玉。

明代田汝成撰写的《西湖游览志》是我很喜欢的。一来，一个西湖，有多大呢，有多少荷呢，有多少画船呢，有多少人来人往、多少人潮人海呢？

西湖不会太大的，大在人文，大在那些山山水水里、寺寺庙庙里，也大在那些古往今来一直让人念念不忘的古人身上。田汝成在这本书里引用了何梦桂的《再用前韵和诸公》，其中有一句"半世行藏随杖屦，百年悲乐寄尊壶"，我喜欢两个字：一是"随"，二是"寄"。

人活一辈子，行行走走，藏藏匿匿，到最终，能随着一杖屦，行在山水里；或与友人，与清风明月，共醉在一壶酒、一壶山川岁月里，也是好事，什么荣辱、悲苦都可抛开，唯有把当下的光阴寄予一壶，

与你
在最美的词上
坐一坐

与天地同醉，来得实惠。

忙着随了心，忙着欢乐一醉，比什么都好。

眼睛是窗，一打开，看山色奔来，看水流花谢，也能看人世沧海，桑田几亩，只留着一喜一乐，为眼前人、眼前事而忙碌，而自在，实在是难得。眼睛是泉，一眨间，流出万古山河，或流一滴善良而恩慈的泪，为世间那么多的悲苦而忙着祈祷，忙着以自身的美好，去带给人世间珍贵的相惜。眼睛是忙着的，那山间的月，浇世外的衣，为的是让你看到尘中自有清凉地；那花间的诗句，粘上你的唇，为的是让你在尘埃未落的世间，还在唇边留有微微的一笑。

我的眼睛很珍贵，我只想好好保护它。我知道，我眼见的虚伪的人，或声势浩大的人情世故，都不能让我妥协，不能让我退步，不能让我委屈着我眼里尚存的天真。我的眼睛要忙的，自然是那些花好月圆的结局、那些浮光掠影里的一次真实的牵手与拥抱，更多的，是要为一草一花、一茶一书而忙。

我只愿，活了半生，可以为自己的眼睛做主：我的眼睛要忙，但不要盲。金钱好，但我不去盲目追求；名利也好，但我不去无心追随。

我愿眼睛忙着，忙着看到春色里的笑、秋光里的白云红叶两悠悠，忙着看浮螺里的月、松子里的涛声，忙着看花开花、白雪白。

抚书 白音格力

好句精选

也许深夜的深处,知道我每一个心疼的秘密;也许满山的野花喂养的心中的野马,脱缰而去的方向知道我每一寸疆土的深情。

我喜欢抚书,犹如抚摸一片皎洁的月色,犹如抚摸一条清亮的小溪,犹如抚摸一个开花的春天。

因为书中有草木山河的世界,所以抚,是叩门,轻轻叩开一座山的门,叩开草木家园的门,叩开月亮小院的门;书中还有古人,有老酒,有淡茶,所以抚,是交谈,与李白谈月,与林逋说鹤,与周敦颐聊莲。

也许只是几秒钟,也许是一段长久的与书对视的时间,抚书,让我感觉手指更清凉了,眼睛也更清澈了,灵魂也更香了。

看过的每一本书,我都抚摸了很多遍。抚古卷,抚诗书,能抚摸到一行诗句里的美意，比如抚摸到云的软、水的清，甚至能抚摸到一行白鹭。更多的时候，能抚摸到古代的气息，比如一个露水的早晨，桃花慵懒地在枝头睁开眼睛，你手指上会有一个薄薄的让人清喜的黎明。

抚当下那些让人欢喜的书，能打开另一片世界，打开作者的精神家园。那里是你去不到的世界，是能让你精神超拔的家园。那里的日月，与别处不同，花色干净，物件有味道。抚摸一次，便是与主人握一次手。

很多年前，在一个山间人家的篱笆墙外，看到小院里的杂花和细水，突然觉得那是我在某本书里看到的。我努力地怀想，究竟是哪本书，记不得了。但有个细节我记得很深：那本书，曾被我抚摸过。是那种摩挲式的抚摸，有些粗鲁。隐约记得当时看过那篇文章后的喜悦，所以有这粗鲁的抚摸。渐渐记得，那书不过是本普通的合集，有多人的文章，而且书是从当年办公室书架一角意外发现的，甚至有些破旧了。

书中有一篇文章，就是写作者居住的小院里，杂花如何，细水如何，还有风来的时候如何、月亮来的时候如何，总之，一个字：美。

后来，越来越喜欢抚书。有对作者的敬重，有对书中世界的向往与憧憬，更有对生命的珍惜、对美好的珍重。

抚书的手，仿佛沾满草籽，再走在自己人生的路上，一路走、一路从指尖滴落一串串草籽，人生便没有荒芜；也仿佛沾满花香，从此我打开的每一个黎明,都是明媚的,我挥别的每一场往事,都是芬芳的。

我也抚摸自己的书。我抚摸了书中的每一个字,我知道每一个字的眉眼,我了解每一个字的故事。

默默地抚摸着自己用心血写下的书,抚摸那些孤寂清美的光阴,它们明白,我是如何将心一遍遍揉碎,只为知道一朵落下的花被尘土碾碎的疼,如一生中最美的一场恋,碎了、疼了。

也许深夜的深处,知道我每一个心疼的秘密;也许满山的野花喂养的心中的野马,脱缰而去的方向知道我每一寸疆土的深情。

也许长风、细水、从树梢上回家的月色,知道我每一行字里蓄满的光阴,是如何充满饱满的喜悦,是如何手栽桃李珍重待春风,是如何以清凉另起一行,遇不遇到你,都会安心地老去。

与你
在最美的词上
坐一坐

问茶 | 秦淮桑

好句精选

> 我如今只盼着,有一日出门踏青,郊行数里,行到水穷处,不见穷,不见水,只见炊烟袅袅如云纱,有人拾了松枝在石案边煮水煎茶。

问茶是件雅事。

昔年王啅春日看花,郊行一二里许,至足力小疲,口亦少渴,忽逢解事僧邀至精舍,未通姓名,便进佳茗,茶汤清亮,香气厚足,踞竹床连啜数瓯,心思愈发清朗畅达,果是"窗明几净室空虚,尽道幽人一事无。莫道幽人无一事,汲泉承露煮新茶",新茶馥郁,饮一口润喉解渴,再饮清心涤烦,令人疲倦顿消。

又有苏东坡夏初石潭谢雨道上问茶,并作诗记之:"簌簌衣巾落枣花,村南村北响缫车。牛衣古柳卖黄瓜。酒困路长惟欲睡,日高人渴漫思茶。敲门试问野人家。"日高人困，倘敲开一扇半掩的柴门，讨得一盏清茶，"咕咚咕咚"作牛饮，饮时不见禅、不见雅，只有清润与甘甜，何尝不是人生一乐事？

那访友归来的屋主人，手执茶壶，为酒困思茶的诗人频频续上；味淡了，则换上新茶，再沏一壶。山家茶水或许不够鲜灵，只胜在入口酣畅、醇和，耐人回味。饮罢言别，日已西斜，枣花细细，铺满来时路，而柳树影里摇着蒲扇卖黄瓜的人早已收摊回家。

读罢诗书看晚霞，忽而有些羡慕那粒沾在诗人衣襟的小小枣花，你说它静悄悄落入一只粗瓷大碗的时候该有多美？何况碗底余有茶香，茶香隐隐、幽幽，又绵长。

记得那年五月，天微雨时，我打了伞，走进康乐茶城。许是因为天光尚早，又兼着落雨微寒，来人并不多，除了店家，便是行人三三两两。

路过一家普洱茶庄，看人专心沏茶，便恍然觉得她该是白墙黛瓦篷窗下，眉淡如秋水、朱粉不深匀的美人，汲泉烧水煮茶，倾注入壶，洗茶涤杯，轻烟袅袅自生禅意。而她低眉分茶，眼含笑意，又使人如沐春风，禁不住心下悦然，微微一醉，仿佛做了一回清淡出尘的古人。

草木门巷里，清风翻过蔷薇架，流水送来芰荷香，有时白云过，

与你
在最美的词上
坐一坐

  为一石缝间葺满青苔的小路添几笔幽微、数痕深致，有时莺啼燕语，声声婉转脆嫩，将这夏时景致衬得愈加幽静可人。那人沐手焚香，摆开茶席，而我款款落座，不言，已是十分欢喜。

  心里也曾有过热切的愿，盼着在春天的时候和一个人去澜沧，跟着面容朴实的茶人上山，在老茶树下小坐，听风从枝枝叶叶间穿过，将一片片青翠欲滴的浓荫摇落，落在眉睫、在衣襟、在手心，有干净好闻的味道。我们歇一会儿，去帮人采茶，伸手掐下模样鲜灵的嫩芽，放到竹篓里，听人说起做茶的事情，只觉得心生向往。

  但因种种原因，澜沧茶山之行终未能成。

  我如今只盼着，有一日出门踏青，郊行数里，行到水穷处，不见穷，不见水，只见炊烟袅袅如云纱，有人拾了松枝在石案边煮水煎茶，见我路过，便蔼然一笑，说："你来帮我添柴吧，我请你喝茶。"那时，我必然要轻轻答一声："好。"

雨霁 秦淮桑

好句精选

> 浅蓝小花薄瓣楚楚,娟秀、幽素,且又轻盈、淡净,在软绿绸裙上绣了清清美美的一朵。

雨霁,空气清凉,泥土湿润,不加矫饰的青草气息扑鼻而来,沁人肺腑。草籽悄无声息地落了,在软泥里,舒舒服服地睡上一觉,偶或听见蟋蟀唱歌、青蛙鸣鼓,便在梦里也会笑出声来。我不知道它们什么时候会醒,也许再过半个月,也许等到明年,便有两片芽叶伸个懒腰破壳而出,不久之后,蓬蓬新绿就会堆满河岸幽径。

挽起裤腿过河,沙子酸酸痒痒挠着我的脚。沿河长满了小灌木,无人修剪,索性由着它们心情乱长,枝条瘦一点儿或肥一点儿,木叶稀一点儿或密一点儿,全凭自己喜欢,左右无人干扰。

与你
在最美的词上
坐一坐

  鸟雀在灌木丛中筑巢，衔来小树枝子和草屑，再和以春泥，慢慢垒成粗朴的居室，不富丽，也不堂皇，可有什么关系呢？岁月风静，日子安稳，能有一隅可安身、可遮风避雨便好。

  我有时看见鸟窝里探出一两颗毛茸茸的小脑袋，机灵的眼睛、嫩黄的喙都那么可爱，充满新生的喜悦似的。有时还可听见几声脆嫩的啁啾拨开层层枝叶传至耳边，真觉得新鲜如同雨后芋叶上滚动的水珠。

  芋叶如荷叶一般，沾水不湿。最大的不同，或许是，荷叶亭亭玉立，清美恍若杜甫诗里"天寒翠袖薄，日暮倚修竹"的美人；芋叶则简单乡野，朴素如同戴望舒诗里的村姑，"村里的姑娘静静地走着／提着她的蚀着青苔的水桶／溅出来的冷水滴在她的跣足上／而她的心是在泉边的柳树下……"柳条婆娑，空翠撩人，而幽寂树影里站着吻她的少年。

  我在清风徐来的田埂上走过，摘了饭包草的小小花儿放在香芋叶子上面，浅蓝小花薄瓣楚楚，娟秀、幽素，且又轻盈、淡净，在软绿绸裙上绣了清清美美的一朵。

  这时再看叶面上的清圆水珠，不知几时染了一丝浅蓝、沁了一抹幽绿，灵气逼人。倘若时光将这一颗水珠酿成一滴清酒，就着芋叶杯喝下去，一定醉人。

醉来宜枕石眠云，宜忘忧，宜对一垄菜花、一畦芹菜发会儿呆。

菜花露出烂漫的笑容，引来翩翩黄蝶，蝶儿乱入花丛，寻不见了。芹菜依然擎着翡翠绿的叶子，在风里，缄默如常，散发出属于自己的独特香味。

临出门，妈妈说："你去田里记得带些芹菜回来，炒肉。"我拔了两棵，又将芹菜在田边小溪流里轻轻一晃荡，荡尽根茎上带的泥土，拿在手上，只觉得清秀。蔬菜里，还有比水芹更入画的吗？便是随意折几枝，插在白瓷青花的瓶里，也有几分佳趣。

回去的时候，注意到人家田头长了一棵苦楝。雨后的苦楝，叶子葱茏，翠色欲滴，但仰起头来看时，随风摇落的，不是碧鲜绿意，而是清润且微有凉意的一滴，落在唇上，如花开一朵。

与你
在最美的词上
坐一坐

蠢动 | 秦淮桑

好句精选

> 我在风里,深一句、浅一句地,默默读着,心中已是了然。行路途中,遇花未开,或是花落子成,都是机缘,自有清风朗月相照。

三月,我的睡眠变得和花蕊上幽隐的香气一样浅。

半夜醒来,听见雨水淅淅沥沥,落在邻家长了茸茸青苔的瓦扉上面,格外有种冷澹清远的小情致。

接着听见第一声春雷,似石与石之间相碰,沉闷、刚烈,却没有半点儿乖张戾气。而后是第二声、第三声,滚滚而来的,每一声,都像春天留在这苍茫人世间的隐喻,你读得懂,抑或读不懂,其实无关紧要。

地里蛰伏了一冬的虫子也该惊醒了,以为多日未见的老朋友来敲门，慌忙起身，将头探出门外，一瞧，呵，原来是雷公和风姨路过，大张旗鼓，派头十足。

　　虫子于是仰起头来，呆呆看了一会儿，雨水顺势落尽嘴里，真甜哪，"咕咚咕咚"喝上两口，便用草梗闩了门，回转身倒在干稻草铺的软榻上面，睡个回笼觉，等天亮雨停了再抖擞抖擞精神出去晒太阳。

　　我想起"蠢蠢欲动"这个词语。

　　"春天的虫子醒了，想要爬出来。"

　　"爬出来做什么呢？"

　　"看花。"

　　"它们是花痴吗？"

　　"有些是，有些不是。"

　　玩着自问自答的游戏，感觉自己心里住着一个永远长不大的小孩，不禁展颜一笑。

　　又想着，爱花成痴的虫子也是有的，譬如乱入菜花无处寻的黄蝶，譬如挂在花枝上荡秋千的尺蠖，再譬如饮一口花间露水就不知归路的蚁……

　　"花痴"，我在红条格印谱上写下这两个字的时候，内心便柔柔地软成阶前的一叠花影、水里的一痕淡月、窗畔的一行悠云，是这样素美、这样娟净。

也是惠风和畅三月天,我有一次骑单车路过城郊烟村院落,不期而遇闲人三五个,她们或把桶沉到井里吊水洗衣,或提了一把薯叶慢慢走回去,或蹲在路边刷着锅底灰,或弯腰拔了屋角不知几时长出来的草……

皆是乡村素常易见的景象,偏偏此时看来闲散自然,令人觉得温厚可亲。

忽而瞥见那人家篱落边默默长着一株桃,已是花褪残红,不妍不媚了,反倒有种"涧底束荆薪,归来煮白石"的不争和淡然。

我停下车来,那时已行出数米远,于是推着车慢慢走回去,又因这一"慢"一"回",而感觉像走在一幅田园春晓画里,每走一步,都有一窝脆生生的虫鸣和一窝绿蓬蓬的杂草掩埋行迹。

待我走到篱前桃树下,伸手抚摸那小小的桃,便觉得自己是在抚摸一朵桃花未落的心事。青葱,且又稚涩的桃花心事,藏着对风的思、对月的恋,还有对人世美好的依依和惦念。

我在风里,深一句、浅一句地,默默读着,心中已是了然。行路途中,遇花未开,或是花落子成,都是机缘,自有清风朗月相照。所以,不须惆怅怨芳时。

抬手摘了桃叶，于鼻尖轻嗅，仿佛整个人都变得清爽淡净起来，也不急着去赶一场渐去渐远的春光，索性坐下，依着桃树小憩，不梦闲人不梦君，唯梦蝴蝶翩跹掠过眉睫。

　　醒来时，桃花坞里的桃花仙应当酿好了桃花酒。

　　桃花酒，味道不会很厚，也不会很薄，只是恰好，恰好清醇绵长，入口甘冽生香。我若是，循香而去，讨来一坛子，坐在轻软和畅的风里，捧着酒坛喝上半日，准能醉到明年三月三。

独往 | 秦淮桑

好句精选

只今独往杏花村,又见清明时节雨,纷纷,湿了酒旗,湿窗棂,湿了眉睫,又湿心绪一两朵。

向人讨了一只杏花村的酒瓶子,粗陶,朴实简约,捧在手上,心里像吃了酒一样,浅醉醺然。用来插花,一枝黄槐决明,一枝三角梅,几根鸭跖草,挤在酒气荡漾的瓶里,就连花色也不由得扶了一分慵懒、两分醉态。你看那一抹青绿纤细静秀,竹似的谦谦风雅,拥着红的黄的花,自有一份热闹的俗艳与美意。

瓶坐在窗边,花开在头上,真真令人惊艳,"人老簪花不自羞,花应羞上老人头",瓶老不自重,可真是好。花羞不羞?不管。

最爱瓶身刻的一首七言绝句,字字风清月朗,行草意气:"清明时节雨纷纷,路上行人欲断魂。借问酒家何处有,牧童遥指杏花村。"

一直耽美于杏花村,那里——炊烟袅袅升起,屋舍淡如一帧水墨画;卖花声清润悠长,挽竹篮的姑娘幽若云笼白瓷青花;空气清新扑面,时有酒香隐隐、醇如窖藏的老典故。

人只管循香而去,雨丝风片春衫薄,正是落花天气,小店清冷寂寥也不要紧。喊小二来壶好酒、两碟小菜,自斟自饮。酒是烫过的,热热喝一口,心中舒坦,才不管人生苦短苦长,但只要:人生得意须尽欢。

独饮,怕是要醉的。醉便醉了。雨水、行人、小径、酒和杏花村……一切都有了朦胧的意味,一切都和人隔着距离,不远不近,散淡清和,醉里借笔写诗,落款题着"清明时节",没有印泥,没有章,无妨,窗畔有新落的杏花,粉白颜色,盈盈带雨,捡一朵别于纸张左下角,距离页脚三四寸的位置,代替一枚朱砂红……

只今独往杏花村,又见清明时节雨,纷纷,湿了酒旗,湿窗棂,湿了眉睫,又湿心绪一两朵。却已寻不到当年给小杜指路的牧童,寻不到他闲坐饮酒的小楼。

忆昔桃花源,一样恬淡安谧不涉尘嚣,一样可遇而不可求。

永远记得武陵渔人误入桃花源,芳草鲜美,落英缤纷,"复行数十步,豁然开朗。土地平旷,屋舍俨然,有良田美池桑竹之属。阡陌交通,鸡犬相闻。其中往来种作,男女衣着,悉如外人。黄发垂髫,并怡然自乐",渔人甚异之,早已不辨身在俗世,抑或在梦中。

若是梦着,怎么有这般真实之感?若说在俗世,哪来如此怡宁深美好风光?于是偷偷留了心眼,趁着回时,处处留下标志,只愿再来时,桃源风物依然、人情如旧。但终于"寻向所志,遂迷,不复得路",太刻意的寻求反而无果。

终于知道,一些情境,只能随缘,只宜独往。一个人,心怀一份孤清、一份淡然、一份浅喜,走在清朗明润的季节里,你遇着杏花村,他逢着桃花源,所遇皆有美好。

也记得,崇祯五年十二月,张岱写"大雪三日,湖中人鸟声俱绝。是日更定矣,余拏一小舟,拥毳衣炉火,独往湖心亭看雪",都云作者痴:大雪初霁,四野清清寒寒,万径人踪灭,只他一人独往湖心亭看雪,不是痴又是什么呢?

人踏雪而去,慢慢地也淡成了天地间小小的一粒,举目皆是茫茫,雪覆盖了一切,天与云与山与水,上下一白,似染了清寂寂的远意。山水入画,白雪怡情,慢慢地呷一口酒,此身可寄,此心可寄,不亦人生乐事耶?

冬月天寒湿冷。听说北方下了好几场大雪，草木早已凋敝。而雪懒于眷顾的南方，依旧花常开、树常绿，四处一派生机。

可厌南宁连日阴雨蒙蒙，没有几个爽朗日子。我去青秀区，必然要挑天气晴好的日子，布衣素颜，扎马尾。小店买来热腾腾的糯米饭团做早餐。饭粒蒸得软糯，粒粒饱满可爱，里面裹着马铃薯泥、酸菜和肉末，吃着香软可口，不比粽子差。

去了鼓楼坪，那一屋子的旧器物，摆放得随心，有一些乱，还有一些风尘气息扑面而来：鸡翅木纹理清明，古琴吞咽了所有声音，老茶沉香养静，紫砂壶坐在席上参禅，碗里养着铜钱草，绿瓷瓶上插着一大把枯老的旧花枝，案上一堆自制的陶土瓶瓶罐罐，模样儿敦厚朴拙……

我看墙上的字画，看得入神。

有人从外面进来，说："字都是我写的，随意看看。闲居两年多了，和朋友租了这屋子，做点儿小生意，摆的是自己多年的收藏。"

那是个温厚的中年人，手里拿着一册书，坐于桌前临摹兰草。兰草生于石边，叶叶萧疏文雅，花亦静秀，沁着淡淡墨香。我和他告别。出了门还在想，是不是可以随兰独往，独往空谷幽清之境？

与你
在最美的词上
坐一坐

随喜 秦淮桑

好句精选

> 想在雨水把我吵醒的清晨，走很远很远的路，去敲响一扇门，紧两下、慢三下，在石阶上放三四朵野蔷薇，不等屋里的人醒，就离开。让他疑心是在梦里，风来过，风带来了七里外的野蔷薇……

　　那年八月，在福永街头听人吹葫芦丝，音韵婉转幽怜，却令人想到苏子瞻《前赤壁赋》里描写洞箫的一句"其声呜呜然，如怨如慕，如泣如诉，余音袅袅，不绝如缕"，用于形容葫芦丝，亦极妥帖，如怨如慕，如泣如诉，柔而不媚，哀而不伤。

　　那人面前桌子上摆着几管葫芦丝、一排埙。紫褐色的陶埙，端然然，沉静，古雅。我随手拿起一个，上绘兰草四五叶，细长萧疏，幽幽垂落，像有风从叶间穿过。埙的另一侧，应当还刻有字，行楷书，大气磊落，"幽兰"，还是"暗香"，不记得了。

捧在手里，满心欢喜。那是第一次见到埙。只一眼，便移不开视线。心头摇漾着蓦然相见的喜悦，是"众里寻他千百度，蓦然回首，那人却在灯火阑珊处"一样的美好自足。没有刻意去寻，但知道它在，在时光一隅安坐，听风听雨，等一个人，来将它捧起，放至唇畔……

问他，可以吹一曲给我听吗？那人说好，葫芦丝换作埙，凝眉吹将起来。埙如晨风穿过幽谷，又过竹林，穿过雨帘，又过山野，穿过花开，又过叶落，穿过我的耳畔，又过心间。幽深哀婉的曲子一点点绕过心头，幽幽杳杳，渺渺冥冥，让人恍然生出一种前世今生之感，不辨身在何处，不知今夕何夕。

即便不谙音律，依然执意要买。

因为喜欢，没有道理可言。只不过随了自己这份眷念。带回来，放在床头，陪我许多个寥落的日子。后来送了人。依然迷恋埙曲，《追梦》《枉凝眉》《千年风雅》《檐下雨意》《小篷船》，一遍一遍地听，听到窗外夜色如泼墨，月小似帘钩，眼里泛起清清凉凉的泪意，才算明了，埙其实是一种孤独的乐器。

它骨子里深藏的风雅，流转了不止一千年。它是窑烧的陶，它是遗世独立的声音，如此深入人心。若有人能够将一首埙曲吹到忘我，他必然，眉眼都是寂的，心被带到那个空蒙的境界里，深永，自若。

与你
在最美的词上
坐一坐

随埙而去,去寻思曲谱意韵浅深,写词人心事有几何。

天寒,无雨。我听《虞美人》,读雪小禅的文字,她写:"风大,煮一款老茶。放上红枣。听段三十年代的老戏。对生活怀着纯真和深沉,又有炽烈寂寥,又有真情和疏离,还有懵懂和不可预知。心如枯井,却又有深情。"

日长风净,煮茶,听曲,阳光落在窗台上,苍苔枯老在墙角边,人心自足小安,并无大悲大喜,岁月里的所见所感,执笔道来,一一说与你听。

我喜欢这样的女子。她活得率真明亮,鲜衣怒马,煮字疗饥,文字里有诗意、有禅意,又有烟火凡俗意,自成一格,绝不烦琐拖沓,绝不矫揉浮夸,也绝不低到尘埃里来。素心如莲,随喜自若。

也读《雪夜访戴》,"王子猷居山阴。夜大雪,眠觉,开室,命酌酒"。梦里醒来,雪簌簌而落,天地大白,幽幽冷冷清清寂寂。搓了搓手,往炉子里添一截枯柴,火烧得轻细,炉子上温着酒,酒里放两粒腌制好的青梅,格外醇香清冽。如此雪夜,应当有酒,有故人。两人面对面坐下,饮酒,叙旧,语调淳朴清扬,说说别后华年,说说尘世风物。

念起一个人,就去见他。夜乘小船就之,不必等天亮,也不必等雪停。将船系于木桩,还要走一段路。路已被雪掩埋。望见友人家门紧闭,阶前卧着被雪压断的枯枝。意兴阑珊,便回去。人问其故,答曰:"吾本乘兴而行,兴尽而返,何必见戴?"

乘兴而来,兴尽而归,只觉得洒脱可爱。

记得夏日里写了一段:"想在雨水把我吵醒的清晨,走很远很远的路,去敲响一扇门,紧两下、慢三下,在石阶上放三四朵野蔷薇,不等屋里的人醒,就离开。让他疑心是在梦里,风来过,风带来了七里外的野蔷薇……"

淘气赠远,不过随喜而已。

与你
在最美的词上
坐一坐

| 忆 | 冯炜莹

好句精选

> 忆起你，你在一页古书中绮丽，你在一块绣帛里妖娆，你在一方砚台内起舞，你在一阕诗词里清雅。

予独爱忆。

清清简简的一个字，藏着绵绵的意蕴，如眉心的一颗朱砂，轻轻蹙眉，别有风情惹人怜。

过去或遗憾或温柔，只一个忆字敛起，其余的都不言不语。

最初对忆有些许印象，是白居易的《忆江南》，那时年幼不识忆，却能朗朗念着："江南好，风景旧曾谙。日出江花红胜火，春来江水绿如蓝。能不忆江南？""江南忆，最忆是杭州。山寺月中寻桂子，郡亭枕上看潮头。何日更重游！"

如今再读，那情境就在眼前了——山寺中寻桂子，听松落棋盘，月色撩人，踱步亭间，望月清风朗。想必是美到极致的景，才让流落的人依然有明媚的念想。

忆，有远古钟声的寥落，有馨径幽幽的灵韵，有日暮天涯的豪情，有细水长流的温软。品在舌上，有甘露的清冽。嗅在鼻尖，有陈酿的醇厚。随处可拾到忆。小立潇湘馆，耳语一枝梅，听风河桥上，叶尖滚落"滴答滴答"的音律，正好可以用作忆的伴奏。

有忆之味的故事，无论结局是什么，为人所留下的都只是幽深、缥缈。就好像桃花女子于诗人崔护而言，久远的过往于我们而言，婉转悠远，却曲径通明，转身便可循着来路找到最初的那一隅。

忆，就是带你走入内心最深处的灯塔。

唐朝孟棨《本事诗·情感》中记：

博陵崔护……举进士下第，清明日，独游都城南，得居人庄，一亩之宫，而花木丛萃，寂若无人。扣门久之，有女子自门隙窥之。

轻启门扉，如遇桃花仙子。一面之缘，终生以忆。忆往昔，却不复。都说"醉墨石上生桃花"，下一句是否会是"桃花蕊中落伊人"？崔护应是穷尽一生，都不能舍去这一场忆吧——

此后，看什么都像你，做什么都想你，读什么都是你。似曾相识

与你
在最美的词上
坐一坐

燕归来，却又无可奈何花落去，只能徘徊复徘徊。

忆起你，你在一页古书中绮丽，你在一块绣帛里妖娆，你在一方砚台内起舞，你在一阕诗词里清雅。回眸嫣然一笑倾人城。

崔护的故事有后续：

  及来岁清明日，忽思之，情不可抑，径往寻之。门墙如故，而已锁扃之。因题诗于左扉曰："去年今日此门中，人面桃花相映红。人面不知何处去，桃花依旧笑春风。"

心上有你，却已是物是人非，忆而不得。我也有念而不得。

一幅画，水清透，鱼空灵，花明澈。半透明的材质，在画展观赏了半日，倒不知是如何画出来的，但就这样在我的记忆里逍遥了多年。某一天回画展去寻，却是再也找不到了。

就如幼时白色的芭蕾舞鞋静成诗的韵脚，母亲送的玛瑙手镯碎成一笛惆怅，喜欢的歌手不再年轻，不再弹唱木吉他。

他们都被留在记忆里了。

忆而不得，甘之如饴。

长相思兮长相忆，短相思兮无穷极，

既知如此绊人心，也盼当初旧相识。

小酌 冯炜莹

好句精选

青青子衿，呦呦鹿鸣，我赠你有炜彤管，你为我挽一只月白的镯，备好一壶酒、一碗茶、两颗深情无欲的心，把岁月小酌到老。

一碗陈酿，小酌几番。

心里便会空出位置，让野间蔓草住，让瀼瀼零露住，让远山寄来的鱼雁尺素住，让婉如清扬的那个人，住在心上，温静地笑。

清夜无尘，月色如银。酒斟时，须满十分。浮名浮利，虚苦劳神。叹隙中驹、石中火、梦中身。

虽抱文章，开口谁亲。且陶陶，乐尽天真。几时归去，作个闲人。对一张琴、一壶酒、一溪云。

在苏轼的词里小坐，一心坐得寒夜深沉，窗外拥千堆雪，坐到酒

与你
在最美的词上
坐一坐

　　阑玉樽空，灯花落棋盘，暮逐子规啼，抛却名利人间纷扰，只等一壶酒来听一溪云外的琴音。

　　一碗清茶，小酌几番。

　　握莹白的杯，浅淡如夕阳的茶；耳边倒茶声，是茶圣陆羽在念"若薇蕨始抽，凌露采焉"的句子。于是，撷菊入茶，饮下一首诗。一声声的清，一缕缕的素，我坐在一旁，静心听茶入盏，听露水与夏茗初见，听山间采茶踏响萱草，还有落花抚唇、飞鸟吻月声。手织素绢白练，眼看池中央芰荷出水，游几尾锦鲤，清淡地演一折又一折戏。

　　一碗古旧的光阴，小酌几番。

　　"行香子""忆江南""点绛唇"，一阕阕词牌名，一路走、一路数着，数完八九十枝花，就到了古书里。漾轻舟，流水引人到花深处。烟水茫茫，千里斜阳暮，忘却来时的路，却记得流萤闲散，捣衣声声，柴门闻犬吠，阶前月色妖娆。等不及拿出砚台与墨，来不及铺开宣纸或帛，我只能用眼眸，一点儿一点儿倒映下来。再与人对视，那个人会看到自己，印在了我们初初相逢的小径上。

　　青青子衿，呦呦鹿鸣，我赠你有炜彤管，你为我挽一只月白的镯，备好一壶酒、一碗茶，两颗深情无欲的心，把岁月小酌到老。

痴 冯炜莹

好句精选

想到那一枝凌寒的梅、那一个独钓江雪的翁、那一轮皎皎的素月,生生世世在雪里,独自香如故,独自绝红尘。孤傲,又痴狂。

痴,是多深情的字眼。

把一处景痴痴地看就是赏,把一个人痴痴地想就是爱,把一阕词痴痴地读就是喜。

若此生可以做一个痴人,未尝不是件好事。

浮生半日闲,只痴痴地品一盏茶,痴痴地采一篮花,痴痴地弄几笔墨。

痴痴地等一个人,迟迟地来。再痴痴地,与那样一个人,共剪一支西窗烛。

谈起痴，总想到雪。

想到那一枝凌寒的梅、那一个独钓江雪的翁、那一轮皎皎的素月，生生世世在雪里，独自香如故，独自绝红尘。

孤傲，又痴狂。

"触目横斜千万朵，赏心只有三两枝"。

春夏也好，秋也罢，纵有姹紫嫣红、梨白菊香，都不及冬雪里，被人痴痴爱的一世白。

我曾痴痴停下过脚步。

在山间，去看老妇人守着一条落花门巷，应是在等早早寻春的痴人，早早地经过，她便可以早早地为他们，递上一壶花煮的茶。

北京一处胡同，被明代一对夫妇称作"百花深处"。老舍这样描写"百花深处"："胡同是狭而长的。两旁都是用碎砖砌的墙。南墙少见日光，薄薄的长着一层绿苔，高处有隐隐的几条蜗牛爬过的银轨。往里走略觉宽敞一些，可是两旁的墙更破碎一些。"

也曾看过胡同的样子，不是想象中的绿植缠绕、花影重重，只有老旧的墙，石板道，淡蓝的晨光，"吱呀吱呀"的单车声，还有撑起红色帐篷的人力车。

有着久远年代感的老，老得让人想要往深处去走去寻。

那夫妇定是一对痴人，身在寻常巷陌，却能养出桃红柳绿的情怀来。

顾城的《题百花深处》叹：此处胜桃源，只是人将老。

若能慢慢老于此，才不枉我一份痴心。

翻开古书读几行，才知道古时的人儿都是痴人——

山水册页里，虞美人凄婉肃烈，为项羽红透了执念；红楼绮梦里，黛玉埋下一阕《葬花吟》；历史烟尘里，温庭筠以红豆安玲珑骰。

挑兮达兮，在城阙兮。一日不见，如三月兮。

痴痴在水一方，溯游从之，心上人宛在水中沚。

对于文字，我总是以一份痴心相许。那一份痴心，在唐代养出梨花淡白柳深青，去宋朝惆怅着那东南的一枝雪，到元代看的多是清明景色。亦游走过苍凉的古道、穆雪的千山，最后的最后，停留在我滚烫的胸膛内，把眼里情里的痴，一同藏好了去。

此生愿是一个痴人，痴痴望，痴痴等，痴痴爱。

学着诗人、词人，在一本书里，把荷风一一举，把一块清润的玉石，痴痴地想了又想。

与你
在最美的词上
坐一坐

一碗 陆苏

好句精选

> 深爱的碗,出得厅堂主掌满汉全席,入得厨房举案齐眉;餐桌上是饭菜的故乡,搁在几案上是糖果的私宅,藏在洗手台边是香胰子的别院,还可以是水仙的花房、玫瑰花的华清池……

一碗盛天下。

柴米油盐酱醋茶,琴棋书画诗酒花。在我,就是一个人一辈子的天下了。

花树旁,屋檐下,三两碗青蔬、一碗雪白米饭相对的那刻,是我最想要的静美时光。

喜欢买碗。看到好看的碗,我就走不动路。花痴似的,如果不能买下,就算把地站出一个坑,也会一直站在那里深情款款地看着;就算在心里剁手千百次后终于离开了,回到家里还是会千万次地惦记。

钟情的碗，哪怕盛的是一瓢清水，也是舍不得一口饮尽的醇美；哪怕盛的是水煮小白菜，也能吃出肉味来。

心仪的碗，就算装的是三两白粥，也能尝出丰衣足食的幸福；就算装的是一碗粗茶，也能品出荣华富贵。

深爱的碗，出得厅堂主掌满汉全席，入得厨房举案齐眉；餐桌上是饭菜的故乡，搁在几案上是糖果的私宅，藏在洗手台边是香胰子的别院，还可以是水仙的花房、玫瑰花的华清池……

我看碗，主要看气质，然后看纹饰、款式，最后看实用。就是说，一只碗在我眼里，那些无用的部分很重要，做一只碗也得拼气质，也得努力"腹有诗书气自华"，至于能派啥用场倒是最不重要的。

碗也有碗的情怀，或清逸素雅，或浓墨重彩，火里来，水里行，掌管一日三餐，也参与闲暇时光，妥妥地端起一辈子的茶暖饭香。就是最后的一声脆响，也是成全了"碎碎平安"的口彩。

就算已然成了片，也可以和鹅卵石一起嵌出一条别致的园林小径，镶在春花秋月的襟边。

最爱青花碗。虽没赶上景德镇的元青花，没赶上"白如玉，明如镜，薄如纸，声如磬"的名瓷风范，在寻常青花碗的传统形制、色彩、纹饰里，似乎都釉封着一袭烟雨江南。更爱被家里几代人用旧的青花碗，总觉得

与你
在最美的词上
坐一坐

那古朴纹饰里深藏着无法释怀的亘古而美丽的乡愁。旧青花碗上裹着岁月和亲情的包浆,多少回不去的云烟旧事,都沉淀在碗底静谧的缠枝花里。

一只碗里看得见世情辗转。一只碗里看得清人间沧桑。

善良,粮食,满上。

虚构 寄北

好句精选

请凭空取下途经的每一缕香气，那时候，每一座木头房子都有相应的花枝攀绕，饮水鹿从布满云朵的小径深处走来。

总是虚构这样的女孩：安静而失语，饮水鹿的眼睛，微风拂过植物的感觉，走动时身上的衣裙就像是月光下的水纹。

不知道应该把她安放在哪里——一些模棱两可的地址之上，犹如光线那样虚弱地存在。

它们是常年雨水充沛的小镇，布满花影的下午，蜜糖色的黄昏，以及堆积着无数难以区分的陈旧春天的纸上某处。

花枝总是从任意的地方潦草生长，夹在其中的影子与雾状周边，使得一切皆有可能，比如从花枝间摘下水纹状的月光。

与你
在最美的词上
坐一坐

请凭空取下途经的每一缕香气,那时候,每一座木头房子都有相应的花枝攀绕,饮水鹿从布满云朵的小径深处走来。

坐下来的每一扇窗下,光线柔软新鲜,花影流衣,你是书上那些因孤单而拥有分外动人暖景的哑女孩。

你还将被安排在词语之坡上,拥有炉中香那样缓慢的时光,在一些诗里的黄昏走走停停。

属于你的月份总是缓风静香,相坐不言;属于你的夜晚总是月光浓郁,不增不减。

某些时候,你像花影那样浅浅睡去,其时,万物总是恰如其分地美丽而愁人。

还有,你将与每一个我所能想到的春天里的灯下佳人混为一谈。

大部分时间,你拖着长裙,仿佛某些故事里所虚构的牵着光线走向万种寂静深处的人物。

这样想象你时,总是温暖朴素,就像某些黄昏停于桂花树下,云朵与光影降下来,甜与香的懒时光。

同样,我将看到你被安放于每一个醉人的好景里,清风,阳光,流水,云朵,半开的花朵,半笼的纱窗,半阕词里的江南。

微风总是吹拂,月光总是堆积,花朵总是开放,下午总是缓慢。

而你，寂静这样。

这样毫无必要的细节描述，只是希望能够在某些时候有帛上置玉的感觉，也是花下挑灯徐行般的忧愁之美。

谈论这些虚幻之物，是荒诞而悲伤的。

然而，一切排除在外的空旷是吸引人的，那时候，故事里的人物可以轻易在我面前坐下来。

比梦境更真实地置身于万物向暖的好时光。

所虚构的人物独处失语，是因为安静，而不是悲伤难过。

我相信，会在月光如绸的街景里与她萍水相逢，彼此不问身世，只是芳香寂静。

景是慢的，灯是暖的，风是缓的，门是静的，窗是浅的。

与你
在最美的词上
坐一坐

|念斯人| 康娜

好句精选

> 乌黑的辫子散落，是一挂黑色的水帘，每串水丝都含着忧伤。檀香梳子的齿又细又长，梳出一个齐齐的刘海；刘海下，跌落了两弯相思的月亮。

不经意，总有某个人，悄然跃立于心上、于眉间。

去挑水，油光锃亮的红柳扁担"咯吱咯吱"地唱了半晌，一桶桶水倒进了瓮、倒进了缸，晃动的水波里，照出了他的颜，忽然会叹一口气。尚好的青春，那么闲。

去菜园子里，茄子一行，豆角一行，清晨的露水沾湿了衣裳，仰望着天空和远方，漫山的草木都已枯黄，就会想起——那从未拥有过的地久天长。

锥子一锥一锥穿过鞋底，眼睛却望着别的地方，心上装着一个人，每件无他的事，都是闲事，可偏偏在每件事里，都看到他的模样。此时，他是鞋底，你是鞋帮。

"黄叶青苔归路，屧粉衣香何处。消息竟沉沉，今夜相思几许。秋雨，秋雨，一半因风吹去。"纳兰一词，相思道尽。

阳光照到闺房，无心懒梳妆。乌黑的辫子散落，是一挂黑色的水帘，每串水丝都含着忧伤。檀香梳子的齿又细又长，梳出一个齐齐的刘海；刘海下，跌落了两弯相思的月亮。

煤油灯芯跳跃，屋子里的光又红又暖，恰似住进了旧时光里，想一想，最美也不过如此，长长的影子伏在墙上，像是醉了般，靠在了某个人的心上。

绵长的丝线穿过针眼，一针绣出日月，一针绣出流年，一针绣出桃花明艳，一针绣出他的眉眼，还要绣出一阕词。最后的落款，是深情的一眼。

走在冬夜的雪地上，慢慢地、轻轻地走着，雪花轻飏，湿了棉鞋，潮了脚趾，落在发上的，是令人白头的忧伤。脚步，虽不知去向何方，但影子，总是指着他的方向。雪地冰凉。

都说相思好，相思令人老，几番费思量，还是相思好。

站在河岸，堤上的芦花浩浩荡荡，河水粼粼波光，一直遥望着那

与你
在最美的词上
坐一坐

水天相接的地方,总有一天,会听到嘚嘚马蹄响,会迎住他热切的目光。

"许翠莲好羞惭,悔不该门外做针线。那相公进门有人见,难免得背后说闲言……"那女子身着戏服,一番装扮,站到了台前,板胡响起来,轻拢慢捻,羞答答地唱一段柜中缘。

虽说是,良辰美景奈何天,思想起他,春风就吻上了脸。

思若春草,在某个角落潜滋暗长,那么,就执笔银笺,寄远方斯人,送长长的思念。那句,是霞光霁月的春城;那逗,是欲说还休的期盼;那行,是婆娑的花影和痴念的青山。

知更鸟叫了,马蹄声响了,炊烟升起了,老树开花了,就守着这样的日子,一世相安。

有一种期,是柔软的盼;有一种思,是绵长的念。念朱颜,相思瘦断。

执笔 康娜

好句精选

执笔间,将多少轻轻重重的缘分化成浓浓淡淡的墨迹,坐落在深深浅浅的字里行间。

"执笔"两个字,透着一股书卷气。

处一静室,书香满屋,阳光投进格子轩窗。案几上,一池翰墨、一窗花影。一人于案前,书写浓情厚意的字句,或风花雪月的诗行,温雅娴静,身影端然。

执笔,手背圆,手掌竖,力送毫端,运于纸上,虚与实、疏与密,舞一把狂草,运一幅行楷。喜,气和而字舒;怒,气粗而字险;哀,气郁而字敛;乐,字平而字丽。由内而外,意到笔随,来来回回,都是一份心境。

与你
在最美的词上
坐一坐

执笔间,将多少轻轻重重的缘分化成浓浓淡淡的墨迹,坐落在深深浅浅的字里行间。

执笔一封信笺。将满心的叮咛和期望凝注,一字一句,字字句句,落笔款款,寄给柳色新新,寄往十里桃花,寄予流水、碧树、远山。

一提笔,贪嗔去了,怨念也去了,只有层层叠叠、密密麻麻的美好和惦念,都奔着前路而去。落笔,凉过的,热过的,喜过的,悲过的,也都淡淡地去了,不怨,也不悔。

灯烛如豆,着土布衣衫的曾文正面容沉稳庄重:"弟每用一钱,均须三思。诸弟在家,宜教子侄守勤敬。吾在外既有权势,则家中子弟最易流于骄、流于佚,二字皆败家之道也。"

青山虽在,锦书难寄。执笔书写的人,总是离得最远的那个人,只待那马踏飞烟,绝尘而往,一直到孩提时分,看他庭前嬉戏。

稚子描红,睁着澄澈的眼睛,小手握笔,横平竖直,端端正正,"大小多少""上中下",一点一横,一撇一捺,咿咿呀呀,步履蹒跚,好似描写着人生。院里的梧桐花"啪嗒""啪嗒"掉落了下来,落在孩子的描红本上,如清风出袖、明月入怀。父亲的眼里播洒出的,是梧桐花的味道。

执笔的人,心该有多安静清凉啊!摒弃红尘纷扰,半山风,半山雨，一笔山水，一笔光阴，我只管一笔一画，写自己的。

杏花春雨中临窗而立的，是谦谦容若。形容消瘦、长髯近白的他，将一怀的愁思与哀怨和泪吞下，左手扶袖，右手缓缓写下"春云吹散湘帘雨，絮黏蝴蝶飞还住。人在玉楼中，楼高四面风。柳烟丝一把，暝色笼鸳瓦。休近小阑干，夕阳无限山"。

见字如面。容若啊！其实，若能为一人执笔，可想可念，想起时，不惊不扰，念及时，相惜相怜，念如花开，即便触不到，心也充盈澄澈如月，这样，也是好的！

黄昏飘雪，执笔将青眉描黛、凤眼挑尖、朱唇润蔻，让一片风入画，让一笔墨入信，游走在一行行字句里，清水白石，尘垢不染，守住了一方清净地，便得了世间清宁心。

无论怎样的一个人，执笔的那一刻，骤然就有了一股端庄之气。想要在微凉的秋日里执笔，写一个字，给一滴露、一阵风，将光阴写到老，将信笺写成画卷。

执笔写风景，有故事，有温情。执笔写风景，自己亦是风景。真好。

赏心事 | 康娜

好句精选

> 时间从来无声,生命从不喧哗,每本书都是一座院落,然后你坐下来,与自己交谈、与古人切磋,寄其心、取其乐、养其志、怡其情,酸甜苦辣、悲苦喜乐,滋味万千,最后,终归丰盈了心神,灵魂皈依,寻找到本真。

思人乐从何来,微雨悦心,清风徐来,入忘我之境,可以悦心。俗世日常,若能抛掉繁杂琐碎,吃茶读书,听雨看花,怡情养性,快慰至极。

花事

若说花事,春有牡丹海棠,夏有百合茉莉,秋有桂菊芙蓉,冬有蜡梅水仙,任何一种,每每由于赏花的时间和地点各异,而使人的感触也各有不同。花开是赏,花落也赏,但赏花之怡情相似,悲也是悦,乐也是悦,喜也是悦,愁也是悦。

眼之观，心之想，心之赏。看这一朵朵粉白红紫，袅娜旖旎，娉婷莞尔，你若赏花，面庞自然喜悦，内心自然柔软，眉目自然亲和。若美人与花，花朵各有其妍，美人亦各有其妙。花非花，人非人，美人因花生姿态，花因美人更生韵味，相得益彰，当更加生动无比。

花开堪折直须折，莫待无花空折枝。且不说将花置于瓶、盘、碗、缸、筒、篮、盆等花器，即便收集一些花瓣夹于书页，墨香花香相杂，每翻至此页，心情也会忽然转好，牵动人一丝轻柔，亦是悦目赏心、动人心魄。

雨事

窗前听雨，春夏秋冬四季各不相同，亦各有其妙。

春雨轻柔缠绵温婉，情思绵绵，如少年听雨歌楼，红烛昏罗帐。此时，杏花开时，正值清明前后，必有雨也，谓之杏花雨。"小楼一夜听春雨，深巷明朝卖杏花。"丝丝清雨，鸟幽山静，细雨织帘，如一幅淡淡的水墨画，笔意轻轻，意境隽永。

夏雨迅猛激烈，黑云翻墨未遮山，白雨跳珠乱入船，宜慎思倦怠困眠。夏雨清凉，催得绿肥红瘦，草木葳蕤，如人生走过的那些年岁，山不是山，水不是水。"雨声潺潺，像住在溪边。宁愿天天下雨，以为你是因为下雨不来。"此时读张爱玲，有一种物是人非的忐忑与惆怅。

秋雨萧瑟寒凉，易生发伤春悲秋之调。"梧桐树，三更雨，不道离情正苦。一叶叶，一声声，空阶滴到明。"凉的夜雨，不像是落在梧桐叶上，倒更像是滴滴砸碎在人的心里。离情别绪，叫人愁肠寸断。人至中年，听冷雨敲窗，该接纳的接纳，该放下的放下。"壮年听雨客舟中。江阔云低、断雁叫西风。"内心或不安稳，但亦可平静安好。

雪雨如针，冬天细雨蒙蒙，寒凉肃杀，似是一年的归纳与总结，也是人生的启迪与预示。"而今听雨僧庐下，鬓已星星也。"转眼老之已至，人生生老病死、更迭轮回，江山无恙，该留的终究还是留不住，都由它去吧。

不仅四季各异，雨打在荷叶、打在青瓦、打在土地、打在草木、打在顽石上，皆似钟鼓器乐，其音各不相同，唯闻者快意凉爽。无论如何，竹林观风，半山听雨，一份心境，一段铭心，一种静谧，烦恼与喧嚣顿然绝尘而消。

书事

读书之乐何处寻？数点梅花天地心。手头、桌头、床头，总有悦心之书相伴左右，或随手闲翻，或反复品读，都是快意之事。读书之乐，在于世间不可得、不可想、不可寻之事，都可于书中得到、想到、寻到，可上天入地，可海底捉鱼，如绿草窗前、瑶琴奏曲、秋夜赏月。

于书架上随意抽取一本书，黛玉葬花，林冲夜奔，唐僧受难，一波三折，百转千回，时而大恸，时而微喜，时而寒霜彻骨，时而微风拂面，在起起伏伏中，或悟人生至理，或叹人世苍凉。时间从来无声，生命从不喧哗，每本书都是一座院落，然后你坐下来，与自己交谈、与古人切磋，寄其心，取其乐，养其志，怡其情，酸甜苦辣、悲苦喜乐，滋味万千，最后，终归丰盈了心神，灵魂皈依，寻找到本真。

闭门即是深山，读书随处净土。抱一怀闲书，寄一份闲情，与陶潜促膝，与摩诘相谈，与李白换盏，和东坡举杯，都是故人相识，嬉笑无形，何其乐也。

茶事

小雨淅沥时，铺开一张小纸，从容地写上几行行行草草，笔笔有来历，字字有章法。可若晴天在窗前，就抛去笔墨，细细地煮水、沏茶、撇沫。

若心入茶，茶不负人。天地方圆间，为自己寻找一个清宁之所，在浮浮沉沉里，选择了一种简单而优雅的生活态度。捧一盏清茶，让淡淡的幽香冲去浮尘，沉淀了思绪，心情绵长悠静，任晴朗或隐晦，任花开或花败，都由它去。

一席茶事，半墙空山。品茶，品的是一份闲适，喝的是一份情调，

与你
在最美的词上
坐一坐

尝的是一份心境。林语堂先生在《茶和交友》中说道："饮茶之时而有儿童在旁哭闹，或粗蠢妇人在旁大声说话，或自命通人者在旁高谈国是，即十分败兴……"做茶事，须寻一处安静地，浅酌，细饮，嗅着花香，自在安闲，心素如简。

七碗受至味，一壶得真趣。空持百千偈，不如吃茶去。若遇雪天，"雪宜烹茶"，这种天气就不如在家里扫雪，可独自一人，也可邀两三好友，围炉小坐细斟浅酌，得意品味酣畅，失意回味苦涩，苦雪烹茶，暂时作别红尘，偷来一缕茶香，人生如意之事尽得。

"苍山自有空寂，明月定会清朗，野花自开自落，浮云时聚时散。"炎炎夏日，来一席茶，清香悠远，香气袭人，外事外务，想来毫不相干。

隔江看花，临窗听雨，茶清如露，书静如佛。

愿在人世古老又簇新的时光里，捧一部闲书，品一盏清茶，踏一次细雨，赏一眼香花，抛却得失心、是非心，一路走下去，看着，喜着，安静自在，清心平和。